나는 죽지 않겠다

창비청소년문학 15

나는 죽지 않겠다

초판 1쇄 발행 • 2009년 1월 23일
초판 24쇄 발행 • 2025년 4월 18일

지은이 • 공선옥
펴낸이 • 염종선
책임편집 • 이지영
펴낸곳 • (주)창비
등록 • 1986년 8월 5일 제85호
주소 • 10881 경기도 파주시 회동길 184
전화 • 031-955-3333
팩시밀리 • 영업 031-955-3399 편집 031-955-3400
홈페이지 • www.changbi.com
전자우편 • ya@changbi.com

ⓒ 공선옥 2009
ISBN 978-89-364-5615-3 43810

나는 죽지 않겠다

공선옥 소설집

창비

차 례

나는 죽지 않겠다

내가 지금 이 강가에 홀로 앉아 있게 된 원인은 단 한 가지, 내가 반장의 짝이었다는 것, 그리하여 어찌할 수 없이 바쁜 반장을 가장 가까운 거리에서 도울 수밖에 없었다는 것, 그뿐이다. 그리고 그때만 해도 나는 지금 내가 이 강가에 홀로 앉아 있어야 하리라는 것을 상상할 수 없었다. 바람은 불지 않는다. 그러나 강가는 춥다. 아니, 춥다기보다 차갑다. 안개는 아침나절이 다 가도록 걷히지 않는다. 멀리서 보면 하얀 덩어리인 안개는 그 속에 있으면 잘디잔 물방울들의 부유가 환하게 눈에 보인다. 물방울들은 자유롭게 유영하여 내 머리에, 내 얼굴에, 내 목덜미에, 급기야는 내 옷 속으로 파고든다. 나는 안개에 감추어져 오전 나절 동안 세상 사람들 눈에 띄지 않았다. 이 강가에 있는 모든 것, 나무도, 풀도, 물오리도, 새도 이 시간이 편안한가. 나는 지금 돈이 없다. 잠자고 먹고 입을 돈이 아니라, 학교에 가져다줄 돈이 없다. 잠자고 먹고 입을 돈은 엄마한테서 나온다. 엄마 호주머니에서 나오는 만 원, 이만 원이 우리 식구 목숨줄이다. 돈도 여러 질이라고 엄마는 말했다.

"돈도 여러 질이다. 우리 집에 들어오는 돈은 질기디질긴 목숨줄이고 한량한테 들어가는 돈은 연하디연한 여흥줄이다."

나는 여흥줄이 뭐냐고 물었다. 엄마는 다시 말했다.

"논다니줄이지 뭐야."

지난 며칠간 나와 내 가족에게 때로는 목숨줄이 되어주고 때로는 여흥줄이 되어주었던 돈이 없어진 지금, 나는 이 강가에 홀로 앉아 죽음을 생각한다. 그런데 지난 며칠간 내가 지녔던 그 돈은 정말 나와 내 가족에게 때로는 목숨줄이, 때로는 여흥줄이 되어주기는 되어줬던 것일까. 목숨줄은 슬프고 여흥줄은 즐거우니, 나는 여흥줄로 그 돈을 썼을까. 그렇지만 나는 진정 그 돈들을 쓰면서 즐겁기만 했는가. 나와 내 가족은 내가 지니고 있던 그 돈으로 산 군고구마 한 봉지와 햄버거 한 개와 한 켤레씩의 털장갑과 양말 그리고 생일 케이크 한 상자로 행복한 한때를 누렸던 것이 틀림없다. 그러나, 나는 또 그 돈을 쓰면서 죽을 것만 같았다. 이천 원어치 군고구마를 사 들고 골목을 뛰다시피 걸어갈 때, 나는 너무나 행복했고 너무나 죽을 것만 같았던 것이다. 너무나 죽을 것만 같아서 나는 죽음을 생각하며 이 강가에 앉아 있는 것이다. 죽으면 편안해질 것인가. 그래서 아버지도 사는 것보다는 죽는 게 편안해서 일찌감치 저세상으로 가버린 것일까. 내가 지금 안개 속에 갇혀서 편안한 것처럼, 죽으면 세상 사람들 눈으로부터 벗어나 편안할 수 있어서 아버지는 죽어버린 것일까. 세상 사람들에게 돌려주어야 할 돈이 너무 많았던 아버지는. 안개 저쪽에서 사람들 소리가 난다. 사람들은 안개 속으로 들어오지 않는다. 세상 사람들 소리는 안개 밖에서 사뭇 다채롭다. 한 번만 그딴 소리 하면 죽을 줄 알어, 웃겨서 죽는 줄 알았다니까, 내가 꼭 죽는시늉이라도 해야 하냐, 야아 아침밥도 안 먹고 나왔는데 니가 웃기니까 더 죽겠잖아, 내가 누구 좋으라고 죽냐 난 안 죽어 임마, 끼익, 컥, 쿵, 애가 죽으려고 환장했나……. 안개 속에서는 지금, 아무 소리도 나지 않는다. 물도 흐르기를 멈춘 듯, 소리 나지 않게 흐른다. 새도 우는 걸 잊어버린 듯, 고요히 나무 끝에 앉아 있다. 돈이 없어도 흐르는 강물, 돈 들 필요도 없이 우는 새들은 얼마나 편안할까. 돈을 쓰고 또 써도 또 돈 쓸 일만 생겨서 사는 게 꼭 죽을 것만 같은 사람들과 달리.

엄마는 오늘도 전화통을 붙잡고 있다. 배달 요구르트 입금일이 다가온 것이다. 엄마는 요구르트를 배달하고 나면 수금해서 대리점에 입금을 해야 그달 치 월급이 나온다. 그러나 배달하면서 조금씩 수금한 돈은 이미 생활비로 써버린 터라 엄마는 누군가한테 돈을 꾸어서 입금한 뒤 월급을 받아 다시 빌린 돈을 갚고 또 조금씩 수금한 돈을 생활비로 쓸 수밖에 없는 악순환을 반복하고 있다. 입금일인 매달 말일이 다가오면 엄마는 애간장을 태우며 전화통을 붙잡는다.

"정희 엄마, 월급 나오면 갚아줄게. 한 사흘만 쓰면 돼."

정희 엄마는 석 달에 한 번 꼴로 엄마한테 사흘간 돈을 빌려주고 사흘 뒤 이자까지 합쳐 돌려받는다. 그러나 이번 달에 정희 엄마는 엄마에게 빌려줄 돈이 없는가 보다. 정희 엄마와 통화를 끝낸 엄마는 깊은 한숨을 몰아쉬고 다시 다른 전화번호를 누른다. 엄마가 전화를 거는 사람들 거의 대부분은 한 번씩 엄마에게 돈을 빌려줘 봤던 사람들이다. 나는 엄마가 전화통을 붙잡고 있을 때마다 귀를 막는다. 엄마의 목소리는 때로 비굴하고 때로 애잔하고 때로 터무니없이 당당하다. 엄마가 당당할 때는 물론 외삼촌한테 할 때다. 삼촌은 예전에 엄마한테 돈을 가져다 쓰고 갚지 않았다 한다. 한 번 그런 일이 있은 죄로 삼촌은 달이면 달마다 엄마의 욕을 먹어야 한다.

"야, 이 나쁜 놈아, 누나가 이렇게 피 말려 죽게 생겼는데 넌 지금 하품이 나오냐?"

엄마한테 욕을 먹는 삼촌도 그러나 돈이 없다. 삼촌은 오락실에서 도박을 하여 돈도 날리고 이혼도 당했다. 전화선 저쪽의 삼촌이 엄마한테 하는 말을 나는 안 들어도 안다.

'누나, 누나한테 줄 돈 있으면 내가 지금 이러고 있겠어? 진작에…….'라고 삼촌은 말했을 것이다. 엄마는 정확하게 반문한다.

"진작에, 뭐?"

"진작에 한 방 터뜨리러 갔지. 누나, 걱정하지 마. 내가 말야, 이번에 한 방만 터뜨리면 누나 애들 내가 책임질 수 있어. 그뿐인 줄 알어? 누나 노후는 걱정 없다구."

이렇게 삼촌은 뻥을 쳤을 것이다. 그러니 엄마가 악을 안 쓸 수가 없는 것이리라.

"쓸데없는 소리 말고 누나 돈이나 입금시켜!"

나는 손가락으로 귀를 최대한 막고 책상에 코를 박는다. 그럴 때, 바람이 분다. 위윙, 휘이잉, 내 마음에 바람이 분다. 바람이 나를 이 집이 아닌, 아주 먼 데로, 돈이 없어도 살 수 있는 세상으로 데려가주기를 기도하지만 바람은 그저 내 가슴 한가운데를 빠르게, 날카롭게 지나갈 뿐이다. 엄마가 전화통을 붙잡고 있는 사이 화장실에서 여드름 짜느라고 나오지를 않던 오빠가 분화구 같은 얼굴을 하고 나온다.

"야!"

오빠는 언제나 나를 야, 라고 부른다. 기분 나쁘다. 그래도 나는 오빠한테 대들지 않는다. 내가 오빠한테 대들면 그렇잖아도 속상한 엄마가 더 속상해할 것이기 때문이다. 그리고 무엇보다 내가 아무리 기분 나쁘고 속상해도 오빠한테 대들지 못하는 것은 엄마가 대리점에 입금해줘야 할 돈 때문에 불안하듯이, 오빠도 틀림없이 학교에 내야 할 돈이 있는데 그 돈을 어디서 어떻게 마련해야 할지 몰라 힘들어하는 것을 알기 때문이다.

"왜?"

"뭘 왜냐, 라면 끓이라는 거지."

나는 라면을 끓인다. 라면이 끓는 것처럼 내 마음도 끓는다.

"오빠, 라면 먹어!"

컴퓨터 앞에 앉아 있는 오빠는 절대로 식탁으로 오지 않는다.

"오빠, 게임 그만하고 와서 라면 먹어. 지난번에도 봤더니 라면 국물이 자판 속에 들어가 가지고 니은 자가 말을 안 듣드만, 왜 맨날 식탁에 오지 않고 라면을 컴퓨터 앞에서……."

"야."

오빠의 음산한 목소리. 나는 찔끔한다.

"왜애?"

"조용히 해라."

"알았어."

나는 더 이상 말하지 않고 라면을 쟁반에 받쳐서 오빠의 컴퓨터 책상 앞으로 갖다 준다. 손이 부들부들 떨린다. 마음속으로는 라면그릇을 오빠 무릎에라도 쏟아 부어버리고 싶다. 그러나, 참는다. 왜? 그러면 엄마가 속상해할 것이기 때문에. 그리고 지금 오빠도 힘들어하고 있는 것이 틀림없기 때문에. 나는 되도록 명랑하게 살고 싶다. 바람 한 줄기가 내 가슴 한가운데로 지나갈 때마다 나는 노래 부른다. 맑고 고요한 바람, 비단 같은 풀밭이 있는 곳으로 나를 데려다 주오, 거기서 나는 살아가리오, 시냇물이 정답게 지즐대는 곳, 새들이 부리를 맞대는 곳, 흰 구름이 그늘을 만드는 곳, 나는 그 속에서 살아가리오……. 그러나 내가 사는 곳은 맑고 고요한 바람도, 정답게 지즐대는 시냇물도, 흰 구름의 그늘도 없는, 낯선 곳. 나는 엄마가 살기 위해 내지르는 모든 비명과 애원, 오빠의 슬픈 짜증이 낯설고 또 낯설다. 왜 낯서냐 하면, 이것은 내가 꿈꾸던 삶이 아니기 때문이다. 그렇지만 나는 살아가야 한다. 어떻게 하든지 나는 명랑하게 살아가야 한다. 아빠가 돌아가시자 자기 돈도 안 주고 죽어버렸다고 빚쟁이들이 몰려와서 이미 죽은 아버지에게 욕을 퍼부어대고 엄마 멱살을 뒤흔들어댔다. 고통과 수모, 수모와 치욕의 나날을 살면서도 엄마는 말했다. 어떡하든 산 사람은 살아가야 한다고. 이 고통과 수모와 치욕 때문에라도 우린 살아야 한다고. 나는 그때, 살아 있으니까 살아야 한다는 것을 가슴 깊이 새겼던 것이다. 그리고 고통과 수모와 치욕이 때로는 사람을 살게 하는 힘이 되기도 한다는 것을 알았던 것이다. 그러나, 지금, 학교에 가져다주어야 할 돈, 아니, 돌려주어야 할 돈이 없는 지금, 나는 내 아버지처럼 죽음을 생각한다. 죽으면, 모든 것이 편안해질까. 죽으면, 지금 내 얼굴이며 목덜미에 달라붙는 안개도, 축축이 젖은 나뭇잎도, 소리 없이 흐르는 강물도 볼 수 없겠지. 그런 것 안 봐도 좋은데, 그러나 엄마랑, 오빠를 볼 수 없겠지. 엄마는 기나긴 전화 통화를 끝내고 이

불을 뒤집어썼다. 나는 안 봐도 안다. 엄마가 지금 울고 있다는 것을. 엄마는 돈이 없어서, 요구르트 대리점에 입금해줘야 할 돈 오십만 원이 없어서 울고 있는 것이다. 그때, 내 입에서 왜 그 말이 튀어나왔던 것일까. 나는 사실 엄마가 전화 통화를 하는 내내 내 호주머니에 있는 돈을 만지작거리고 있었다. 내가 가지고 있는 돈이면 엄마가 울지 않을 수 있다. 엄마는 돈 오십만 원만 있으면 누구보다 행복한 엄마일 수 있다. 엄마는 언제나 우리에게 좋은 엄마였다. 어떤 궂은일이 있어도 웃음을 잃지 않으려고 애쓰는 엄마였다. 나는 엄마를 불렀다. 엄마는 언제나처럼 방금 전까지 울고 있었으면서 목소리만은 명랑하게, 아무렇지도 않은 척, 으응, 하고 대답했다. 그러나, 나는 그렇게 엄마만 한 번 불러봤을 뿐이다. 내 주머니에 있는 돈 백만 원 중에 오십만 원을 엄마 앞에 내놓으면 엄마는 살 수 있지만 나는 죽을 것만 같아서 나는 그렇게 엄마만 불러보고 돈은 내놓지 못했던 것이다.

원래 그 일은 반장이 하게 되어 있었다. 그러나 반장은 내게 그 일을 부탁했다. 반장은 2학년 학생회장이자 미술부원이어서 학교 축제 때 전시할 그림 때문에 바빠 내가 그 일을 맡아주면, 나중에 떡볶이와 순대를 사주겠다고 했다. 그 일이란, 3학년 선배들이 수능을 보는 날 새벽에 선배들을 격려하기 위해 쓸 돈을 거두는 것이다. 그 돈이 남으면 연말 불우이웃 돕기 성금으로 낼 거라고 했다.

우리 반 반장이면서 2학년 학생회장인 반장이 다른 반에서 거두어진 돈을 내게 가져왔다. 내 수중에 단박에 돈 백만 원이 들어왔다. 나는 그 돈을 수능 전날까지 가지고 있다가 반장에게 주면 되었다. 왜냐하면 반장은 축제 때문에 정신이 없기 때문에. 그리고 수능 날까지는 일주일이 남아 있었다. 그러나 나는 수능 날 새벽까지도 그 돈을 반장에게 돌려주지 못했다. 나는 엄마가 밤새 울었던 날 새벽에 내가 지니고 있는 돈에서 오십만 원을 엄마 몰래 엄마의 가방에 집어넣었다. 그리고 여느 날처럼 아침 자율학습 시간에 늦지 않기 위하여 언제나처럼 아침밥도 먹지 않고 학교에 갔다. 그리고 여느 날과 똑같이 야간 자율학습까지 마치고 집으로 왔다. 엄마 표정이 어제와는 사뭇 달라져 있었다. 엄마가 생글생글 웃으며 내게 속닥거렸다.

"애, 오늘 나한테 무슨 일이 있었는지 아니?"

나는 알면서도 모른 체했다.

"사람이 죽으라는 법은 없나 보다. 세상에, 내 가방 속에 내가 필요한 돈 오십만 원이 딱 들어 있지 뭐니?"

"와아!"

"성당에 수녀님이 그러시더라. 돈 십만 원을 들고 휴가를 나가서 구만 원까지 쓰고 딱 만 원 남겨놓고 어느 성당에 미사를 갔는데, 이윽고 봉헌 시간이 돌아왔더란다. 수녀님은 어떻게 할까, 돈 만 원을 내버리면 수녀원으로 돌아갈 차비가 없어지고 그렇다고 안 내

고 싶지는 않고, 그제서야 어디 가서 돈 만 원을 잔돈으로 바꿀 수
도 없고 그냥, 에라 모르겠다, 자기가 가진 전 재산 만 원을 딱 봉헌
함에 넣어버리고 나서 눈 질끈 감고 기도를 했더란다."

"그래서요?"

"그래서는 나는 이제 어떻게 해야 하느냐고 하느님한테 물었겠
지. 아, 그런데 기도를 끝내고 딱 눈을 떠보니 글쎄 수녀님 눈앞에
웬 흰 봉투가 놓여 있더라지 뭐냐."

"돈 봉투요?"

"그래. 떨리는 손으로 봉투를 열어보니 아, 글쎄 거기에는 만 원
의 열 배인 십만 원이 들어 있었다지 뭐냐. 여행하는 수녀님이구나,
하구서 어떤 착한 신도가 수녀님 여행 경비에 쓰라고 선물로 주고
간 거야."

"결과적으로 하느님이 주신 거네요?"

나는 엄마 듣기 좋으라고 얼른 말했다. 기다렸다는 듯 엄마의 고
정 멘트가 이어졌다.

"그럼 그럼. 간절히 기도하면 언제고 하느님은 들어주시지. 항상
기도한 만큼보다 더, 그 열 배로 들어주시지."

"엄마도 기도했어요?"

"기도만 하냐, 애원을 했지."

"엄마, 그러면 이제부터 더욱더 열심히 기도해요. 아니, 애원하세
요. 그러면 또 더 좋은 일이 생길지 누가 알어?"

"그러게 말이다."

내 호주머니에는 정확히 오십만 원이 들어 있었다. 엄마는 이제 더욱더 열심히 기도할 것이다. 오, 주님, 감사합니다. 주님을 위해 살지 못한 죄인이지만, 주님께서 제 한 가지 소원만 들어주신다면 앞으로는 더욱더 주님을 사랑하고 세상을 사랑하고 주님이 사랑하시는 가난한 이들을 사랑하며 살 것입니다! 그러나 아무리 어진 주님이 엄마를 사랑한다 해도 엄마는 가난한 이들을 사랑할 수가 없다. 가난한 이들을 사랑하기엔 엄마 자신이 너무나 가난하기 때문에. 엄마는 그날그날 요구르트를 팔고 수금해 온 돈 만 원, 이만 원을 사랑한다. 그 돈이 없으면 우리는 살 수가 없다. 엄마는 만 원을 내놓으면 십만 원이 돌아와 주는 수녀님이 아니라, 요구르트 한 개를 팔면 십 원, 이십 원이 돌아오는 요구르트 아줌마다.

저녁 도시락을 까먹었다. 친구들은 학교 식당에서 점심과 저녁을 먹는다. 나는 점심만 식당에서 먹고 저녁은 도시락을 먹는다. 도시락을 먹고 나서 도시락 먹는 아이들끼리 매점으로 갔다. 나는 매점에 가지 않는다. 그러나 매점에 갔다 온 아이들이 언제나 내게도 과자와 빵과 음료수를 준다. 나는 그것들을 먹고 싶어서 먹는 것이 아니다. 내가 안 먹으면 그것이 더 어색하여 나는 아무렇지도 않은 척 먹는다. 아니, 먹어준다. 고등학생인 우리들은 더 이상 어린애들이 아니므로, 먹을 것이 생기면 아무렇지도 않게 나눠 먹고 나눠 먹어준다. 그러나, 나눠주는 사람이야 별생각이 있는지 없는지 모르지만 나누어준 것을 먹어주는 사람 입장은 다르다. 나는 매번, 과자나 음료수를 먹어줄 때마다 목구멍이 따갑다. 오늘 나는 아이들과 함께 매점에 갔다. 과자와 빵과 음료수를 내 돈으로 샀다. 다른 아이들이 그랬던 것처럼 나는 그것들을 아이들 앞에 펼쳐놓았다. 우리는 아무 생각이 없는 것처럼, 아무 생각 없이 먹었다. 아무렇지 않은 것처럼 간식들을 먹는 내가 그러나, 극심한 희열과 그리고 그에 못지않은 극심한 불안감에 치 떨고 있다는 것을 누군가는 알고 있었을까. 돈을 보관한 지 사흘째, 내게는 사십구만 오천 원이 남아 있었다. 엄마 가방 속에 넣어준 오십만 원은 엄마가 월급 타 오는 날, 몰래 넣어줬던 것과 똑같이, 몰래 빼내면 될 것이다. 그렇기 때문에 오십만 원에 대한 걱정은 하지 않았다. 그리고 오천 원은, 겨우 오천 원이다. 설마, 남은 나흘 동안 내게 오천 원 생길 일이 없지는 않을 것이다. 그것은 어디 뚜렷한 용도를 밝히지 않고 엄마한테 말해도 엄마가 그냥, 묻지 않고 내줄 수 있는 액수다. 정 엄마한테 오천 원도 없는 최악의 상황이라면 오빠 호주머니에 오천 원 정도 없을 리 없다. 물론 오빠 호주머니에 단돈 십 원도 없을 수도 있을 것이다. 그러면 그냥, 착한 내 짝 반장에게 꿀 수도 있을 것이다. 반장은 내게 돈 거두고 돈 보관해준 답례로 떡볶이와 순대를 사주기로 했으니, 그 정도 돈은 지니고 있을 것이 틀림없다. 어쨌든 나는 내가 지니고 있던 학교 공금 백만 원 중에 지출된 돈 오십만 오천 원에 대한 걱정은 전혀 들지 않았다. 나는 엄마의 '기도의 효험'

에 대한 믿음을 쉽게 깨뜨리고 싶지는 않았다.

야간 자율학습을 마치고 집으로 들어오는 골목 입구에 못 보던 군고구마 장수가 있다. 아닌 게 아니라, 낼모레가 곧 수능이고 수능 날이 가까워지니 날씨도 그것을 알고 얼른, 빨리빨리 추워진 것이다. 그리고 날씨 추워지기를 기다리던 군고구마 장수가 드디어 밤 거리에 나온 것이다. 나는 군고구마 천 원어치만 사기로 했다. 그것은 종종 있는 일이다. 나는 토요일이면 종종 무 한 개를 사 들고 귀가하기도 하고 토요일이면 붕어빵 천 원어치를 사기도 했다. 그러니 하나도 이상할 것은 없었다. 무 한 개, 붕어빵 천 원어치는 내가 두 번 탈 버스를 한 번만 탄 결과물들이었다. 나는 내 호주머니에 들어 있는 사십구만 오천 원 중에서 천 원을 빼 들고 군고구마 장수에게 다가갔다. 그 천 원은 내일 아침 조금만 더 빨리 일어나 버스를 한 번만 타면 굳어질 돈이다.

"아저씨, 고구마 주세요."

노릇하게 구워진 고구마가 종이봉투에 담겼다. 나는 군고구마의 따뜻한 온기를 가슴에 안으며 고구마의 이 온기가 늘 시린 엄마 가슴에도 꿈처럼 번지기를 바랐다.

"이천 원입니다."

"아저씨, 천 원어치만 주세요."

"이천 원이 기본이야."

"그래도 천 원어치만 주세요."

“천 원어치는 못 팔아, 아니 안 팔아.”

“그런 게 어딨어요? 이천 원어치의 절반만 주시면 되잖아요?”

“이봐, 학생, 지금 바쁜 사람 데리고 장난하나. 천 원어치 안 판다고 했잖아아!”

군고구마를 사러 오는 사람이 없었기 때문에 아저씨는 하나도 바쁘지 않았다. 나는 천천히 사십구만 오천 원에서 이천 원을 꺼내 군고구마 장수에게 주었다. 그래도 구수한 고구마 내음이 주는 행복감은 어쩔 수 없다. 더구나, 그걸 두 손으로 조용히 감싸 안을 엄마라니. 나는 오늘 밤, 군고구마같이 따스한 엄마의 미소를 볼 수 있을 것이다. 고구마가 식을세라 뛰다시피 걷는 내 발걸음은 그러나, 또 어쩔 수 없는 불안감으로 조금 휘청이는 것 같았다. 그러면서 내 머릿속으로는 내가 써버린 돈, 다음 주 월요일이면 반장에게 돌려주어야 할 돈의 액수가 마치 영화 자막처럼 빠르게 스쳐 지나갔다. 그 자막은 내게 말해주고 있었다. 이제 사십구만 삼천 원 남았습니다. 불안해질수록 나는 더 빨리 뛰어갔다. 그리고 내가 늘 가장 원하던 엄마의 행복한 미소를 바라며 고구마 봉지를 내밀었다. 엄마는 말했다.

“우리 딸이 최고다. 오빠도 좋아하겠구나.”

오빠는 늘 밤늦어 집에 오면 도대체 이 집에는 먹을 것이 없다고 투덜대곤 했었다. 열어봤자 신 김치뿐인 냉장고 문을 열었다 닫았다 해가며 밤늦은 시간 오빠가 먹을 것을 찾아 집 안을 배회하면 나는 이불을 뒤집어쓰고 쓰린 가슴을 붙안고 오빠가 불쌍해서 조금 울기도 했었다. 오빠가 와서 먹어도 따뜻할 수 있도록 엄마는 고구마 봉지를 수건 같은 걸로 칭칭 동여매 놓겠지. 오빠 사랑해애……. 그리고 나는 잠들었다. 군고구마처럼 따스한 잠이 밀려왔으므로 나는 밤늦어 집에 온 오빠가 고구마를 먹었는지, 안 먹었는지 알 수 없었다. 잠에서 깨어났을 때, 언제나 나보다 늦게 와서 나보다 먼저 집을 나가야 하는 오빠의 볼멘소리가 메마른 낙엽처럼 내 방 안으로 날아들고 있었다. 오빠의 두덜거림, 오빠의 볼멘소리, 오빠의 슬픈 짜증, 이 모든 것이 나는 푸석푸석한 낙엽들만 같다. 그것들은 꼭 쥐면 금방이라도 가루가 되어 바람에 날아가 버릴 것처럼 위태롭게 느껴지곤 했다.

"엄마, 생각해봐. 점심, 저녁까지 도시락으로 먹으면 얼마나 창피하겠어."

"왜 못 해. 밥 못 먹는 애들도 많다더라. 넌 테레비도 안 보니?"

"테레비 볼 시간이 어딨어."

"컴퓨터 할 시간은 있어도?"

"고3이 스트레스 쌓이는데 그것도 못 해? 그딴 얘기 그만하고 내 급식비 어떡할 거야아!"

"도시락 싸갖고 가래잖니."

"차라리 내가 굶고 만다!"

"도시락을 싸갖고 가든지, 굶든지, 엄마 월급날까지, 딱 일주일만 그렇게 해."

아, 엄마 월급날. 그날의 풍경을 나나 엄마나 오빠나 다 알고 있다. 월급은 순식간에 사방팔방으로 흩어져 가리라는 것을. 나는 방문을 열고 나갔다. 오빠가 문득 물었다.

"야, 너 돈 있냐?"

"쟤가 무슨 돈이 있겠냐."

"돈 없으면 군고구마는 왜 사 와."

"니가 하도 집에 와서 먹을 것 없다 투덜대니깐, 쟤가 버스비 아껴서 오빠 간식거리 사 온 거지."

으흠! 오빠가 갑자기 의미심장한 콧소리를 낸다. 나는 오빠가 고구마를 먹었는지, 확인해본다. 뜯겨진 비닐봉지 위에 군고구마 껍질이 말라가는 중이다. 나는 세수를 하러 화장실로 들어갔다. 오늘은 야간 자율학습 끝나는 대로 집에 와 김치전이라도 부쳐놔야지. 돌이라도 씹어 먹을 한창때인지라……. 엄마가 전쟁 같은 하루의 노동을 끝마치고 돌아와서 오빠가 돌아오기 전까지 감기는 눈과 사투를 벌이는 일이 없도록, 내가 오빠의 귀가를 반겨줄 것이며, 오빠의 간식을 준비하리라. 화장실에서 세수를 마치고 나왔을 때 오빠는 먼저 나가고 없었다. 새벽안개가 걷히지도 않은 거리로 오빠가 가고 그리고 또 내가 갈 것이다. 오빠나 나나 햇빛을 보지 못하고 살아 날로 핏기가 없어지고 엄마는 하루 종일 햇빛 아래 살아 날로 검어진다. 엄마가 웃을 때면, 마치 토인 같았다. 엄마는 검어지

면서 돈을 벌고 그 돈으로 우리는 날로 희어져 간다. 노란 전등불은
이 희고 검은 가족들이 한자리에 잠깐만이라도 모여 앉는 것을 보
지 못하고 혼자 깜박거린다. 전등불도 외롭다.

　나는 등굣길, 버스 맨 뒷좌석에서 오늘은 그냥 반장에게 돈을 돌
려줘야겠다는 생각을 머릿속에서 만지작거리듯이 하고 있다가 깜
짝 놀라고 말았다. 내가 반장에게서 건네받아 보관하고 있던 돈 중
에 무려 오십만 칠천 원이나 비는 것을 내가 깜박 잊고 있었다는 사
실을 깨달았던 것이다. 결론은 그러니까 이제 나는 돈을 반장에게
돌려주고 싶어도 아직은 돌려줄 수가 없다는 것이다. 갑자기 분한
마음이 엄습해왔다. 무엇이 분한가. 그건 명확하지 않았다. 아무리
바쁘기로서니, 내게 돈을 맡긴 반장의 처사가 분한가. 하지만 나는
반장의 짝이다. 우린 짝으로서 지난 일 년간 꾸준히 서로를 도우며
생활해왔다. 지난 일 년이 다 뭔가, 반장은 1학년 때도 내 짝이었다.
반장은 저와 나 사이를 '짝이 될 운명을 타고난 사이'라고까지 말
한 적이 있었다. 아버지 사고가 났을 때, 내가 아팠을 때, 엄마가 병
원에 입원했을 때, 반장은 늘, 내 옆에 있었다. 반장에게 분한 것은
눈곱만큼도 없다. 그런데 무엇이 분한가. 하여간 무엇인가가 분해
서 나는 아랫입술을 나도 모르게 잘근잘근 깨물었다. 나는 그만 버
스에서 내려 축축한 겨울 안개 속으로 사라져버리고 싶은 충동을
가까스로 참고 학교에 갔다. 교실에 들어가자, 반장이 굳은 표정으
로 말했다. 반장의 굳은 표정은 다시 등굣길의 축축한 안개 속으로

사라지는 내 모습을 상기시켰다.

"안 되겠어. 애들한테 돈을 돌려줘야 할 것 같아."

나는 심장이 쿵 내려앉았지만 침착하게 물었다.

"왜?"

"선생님들한테 혼났어. 돈 거둬서 선배 응원한 것 드러나면 학교 가 아작 난대."

"돈 집에 두고 왔는데."

"알았어. 그럼 낼은 꼭 가져와야 돼. 하루가 급하단 말야."

"그래."

나는 가방 맨 뒤 지퍼를 열었다. 사십구만 삼천 원이 거기 있을 것이다. 그러나…… 지갑이 없었다. 오빠가 한 짓임에 틀림없었다. 오빠는 종종 그래왔으니까. 엄마한테 돈이 없으면 오빠는 내 버스 비까지 몽땅 털어 달아나곤 했으니까. 아침 등굣길에 축축한 안개 속으로 사라져버리고 싶을 때부터 어떤 예감이 들었으나, 나는 확 인하지 않았다. 그리고 지갑의 부재를 확인한 지금, 나는 오빠를 절 대로 원망하지 않겠다는 오기가 생겼다. 나는 점심시간에 오빠에 게 전화했다. 엄마도 없는 휴대폰이 오빠는 있다.

"오빠?"

"응. 내가 이따 맛있는 것 사줄까?"

오빠가 선수를 치고 나왔다.

"어디서?"

"햄버거 사줄까?"

햄버거 가게는 우리 동네에는 있지 않으니, 시내에서 만나자는 것이다.

"좋아."

밤 10시가 넘은 시간, 성탄절이 다가오는 시내 거리는 불야성이다. 시내 패스트푸드점 앞에서 오빠를 기다렸다. 오빠는 나를 만나자마자 불쑥 말했다.

"니 친구들 좀 데리고 오지 그랬냐."

"내 친구들은 햄버거 안 좋아해."

"그럼 술 좋아하냐?"

"미쳤어?"

나는 맛없는 햄버거를 맛있게 먹었다. 이렇게 밤늦은 시간이면 아버지가 생각난다. 술 취한 날이면 아버지는 이따금 우리 식구들을 시내로 불러서 밤늦은 외식을 시켜주곤 했었지. 그때 먹었던 것은 주로 순댓국 아니면 콩나물해장국이었다. 이제 다시는 그런 밤은 오지 않으리라 생각했는데, 그리고 순댓국이나 콩나물해장국이 아니라 자주 먹지 않아서 맛도 모르겠는 햄버거이긴 하지만, 오늘 오빠 덕에 시내 나들이를 하게 되었다. 오빠가 뱉듯이 툭 말했다.

"미안하다."

"아니. 괜찮아."

"뭐가 괜찮냐."

"아직 다 안 썼지?"

"다는 안 썼어."

나는 되도록 흥분하지 않고 사실대로 자분자분 말했다.

"왜 있지. 텔레비전 같은 데서 보면 선배들 시험 보는 데 새벽에 나가 커피도 타주고 엿도 주고 하잖아. 거기 쓰려고 거둔 돈이야. 애들이 참 착해. 쓰고 남은 돈은 연말 불우이웃 돕기 성금으로 낸대. 반장이 무척 바빠. 그래서 내가 보관하고 있던 거야. 난 반장과 짝이고 그리고 친해. 근데 문제가 생겼어. 학교 허락도 안 맡고 돈 거뒀다고 반장이 야단맞았나 봐. 빨리 돌려줘야 해. 하지만 내일은 내가 깜박 잊었다고 할께. 그리고 그다음엔, 그다음엔……."

"좀 있으면 엄마 월급날이야. 그때까지만 버텨봐."

"그래, 엄마 월급날이니까 걱정 없어."

나는 짐짓 명랑하게 퍽퍽한 햄버거를 먹었다. 오빠는 콜라에 빨대를 꽂아 내게 다정하게 내밀었다. 오빠가 아까부터 만지작거리고 있던 비닐봉투에서 색이 고운 털장갑 한 켤레를 꺼냈다.

"내가 진작에 사주고 싶었는데, 이제야 샀다. 물론 내 돈으로 산 건 아니지만."

말끝에 오빠가 낄낄거렸다. 오빠가 낄낄거리는 것이 꼭 나는, 끽 끽거리는 것처럼 들렸다. 나는 오빠의 희한한 웃음소리의 이유를 이해했으므로, 선선히 말했다.

"고마워."

꺼내지 않은 또 다른 것은 엄마의 것이리라. 햄버거를 넘기는 목구멍이 좀 따가워오는 것 같았다.

"콜라도 마셔가면서 먹어라. 나중에 오빠가 돈 벌면 이까짓 햄버거가 대수겠냐."

"알았어."

오빠와 나는 햄버거 가게를 나와 밤거리를 조금 걸었다. 뭔가가 공중에서 희뜩거리는 게 자세히 보니 눈이었다. 첫눈이다.

"오빠, 눈 온다."

"에잇, 재수 없어."

"눈 오면 좋잖아."

"이 바보야, 눈 오면 엄마가 힘들잖아."

"맞다."

오빠와 나는 재수 없는 눈을 맞으며 버스 정류장을 향해 걸었다. 그러나, 나는 어떤 표정을 지어야 할지 알 수 없었다. 눈이 와서 좋기는 한데, 눈은 하루 종일 걸어 다녀야 하는 엄마를 힘들게 하는 재수 없는 눈이다. 그래서 나는 끝내 눈이 와서 좋은 건지 나쁜 건지 알 수 없는 기분이 되고 말았다. 무엇보다, 나는 오랜만에 오빠와 함께한 시내 나들이가 좋았다. 그러나, 그 또한 정말 좋은 건지, 나쁜 건지 알 수가 없었다. 별말은 나누지 않았지만 오빠와 시내 거리를 걷는 것은 나쁘지 않았다. 그런데, 좋으면서도 어쩔 수 없이 내 가슴 한쪽을 짓누르는 불안감을 나는 떨쳐낼 수가 없었다. 버스에 올라서 나는 오빠에게 조그맣게 속삭였다.

"오빠, 난 죽을 것만 같아."

그러나 오빠는 내 말을 못 들었는지, 무심히, 잔뜩 찌푸린 얼굴로 어두운 창밖만 응시할 뿐이었다. 그러면서 문득 말했다.

"오늘이 엄마 생일이야."

나는 잊고 있었던 것이므로 약간 놀라며, 물었다.

"엄마 생신 선물이야?"

"그렇다고 봐야지."

"그럼 내 장갑은 사지 말고 엄마 걸로 더 사지."

"사람이 양심이 있지, 임마."

나는 오빠가 정말로 양심이 있어서 양심이라는 말을 하는지, 어쩌는지 오빠 속마음을 들여다보고 싶었다. 내 마음도 모르는 내가 어떻게 오빠 마음을 알겠는가. 사람의 마음이란 것이 들여다본다고 해서 알 수 있는 것은 아닐 것이다. 왜냐하면 마음이란 시시각각으로 변하는 것이니까. 나는 내가 오빠에게 지극히 순한 동생이기만을 바랐다. 그러나, 또 그곳이 어딘지도 모를 내 마음속 아득한 곳에서 피어나는 오빠를 향한 적의를 어찌해야 한단 말인가. 집으로 오는 동안 나는 오빠를 향해 피어오르는 적의의 기운을 없애버리기 위해 몇 번이나 헛기침을 해야 했는지 모른다. 우리가 버스에서 내렸을 때, 눈은 비로 바뀌어 있었다. 나는 그다지 반갑지도 않으면서 기쁜 표정으로 말했다.

"오빠, 눈 안 와, 비야. 크흠."

"비든 눈이든, 엄마가 힘든 건 마찬가지야. 야, 근데 너 계속 기침 하는 것 보니까 감기 걸렸나 보다."

그게 다 오빠 때문이라는 말을 겨우 삼키며 나는 말했다.

"괜찮아. 이제부턴 오빠가 사준 장갑 꼭꼭 끼고 다녀야지."

동네 입구 제과점에서 귤과 키위와 방울토마토가 얹어진 케이크를 하나 사 들고 오빠와 나는 나란히 집으로 들어갔다. 엄마는 케이크를 보고 기쁜 건지, 괴로운 건지 알 수 없는 표정이었다. 모든 것이 그렇게 그런 건지, 아닌 건지 알 수 없는 것으로 하루가 마감되었다. 확실한 것 하나는 내가 죽을 것만 같다는 것뿐.

반장은 내게 물었다.

"돈은?"

나는 심호흡을 한 번 하고 반장을 똑바로 바라보았다.

"잃어버렸어."

"꺄악!"

반장이 비명을 질렀다. 아이들의 눈길이 일제히 반장과 내게로 쏟아졌다.

"야아, 이제 난 어떡해."

"내가 물어줄게."

"언제까지?"

"우리 엄마 월급 타면."

그러나 나는 알고 있었다. 엄마 월급에서 내가 덜어낼 수 있는 돈은 한 푼도 없다는 것을. 그리고 덜어낼 만한 여유가 있다 해도 나는 덜어내지 않을 것이다. 우린 짝이 될 운명을 타고났다고까지 말했던 반장이 나를 사납게 노려보았다.

"더러워."

반장이 뇌까렸다.

"내가 왜?"

"거짓말하니까 더럽지. 우리 부모님이 그러셨어. 정직한 게 깨끗하다고. 넌 정직하지 못하니까 더러운 거야."

짝을 오래 해서 그런지 반장은 내 눈빛만 보고도 내가 거짓말을 하는지, 참말을 하는지 알 수가 있는 모양이었다. 반장이 자리를 박차고 일어나 교실을 나갔다. 이윽고 내게 닥칠 운명을 나는 안다. 나는 정직하지 못하니까 더러운 사람이 될 것이고, 더러운 나를 친구들은, 선생님은, 학교는 결코 받아주지 않으려 할 것이다. 내가 더러운 쓰레기를 바라보듯이, 세상은 나를 또 그렇게 보게 될 것이다. 돈을 잃어버렸다는 내 말을 믿는 사람은 아무도 없었다. 어차피 내가 그 돈을 써버렸든, 잃어버렸든, 중요한 것은 애초에 내 돈이 아니었던 그 돈을 나는 다시 내어놓아야 한다는 것이다. 야간 자율학습 시간에 담임선생님이 나를 불렀다. 돈을 잃어버린 것이 사실이냐고 물었다. 나는 그렇다고 대답했다. 담임이 말했다.

"그걸 어떻게 증명할 수 있니?"

나는 말했다.

"증명 못 합니다."

담임이 말했다.

"잃어버렸다는 것을 증명할 수 있을 때까지 너에게 벌을 줄 수도 있다. 어쩌면 학교는 널 퇴학시킬 수도 있다."

"네."

나는 짧게 대답했다. 죽음을 향한 생각은 죽음 이외의 것들을 너무나 쉽게 받아들이고, 용서하고, 이해하게 했다.

"다시 한 번 말하겠다. 그 돈을 돌려주든 안 돌려주든 그건 중요하지 않다. 다만 너는 정직해야 한다."

"네."

아침에 나는 학교로 가지 않고 곧장 이 강가로 왔다. 밤새, 오빠를 향한 적의에 시달리다가, 새벽이 되었을 때, 나는 그것이 꼭 오빠를 향한 적의만은 아니라는 것을 알았다. 그것은 다름 아닌 나 자신을 향한 모멸감이라는 것을. 나는 왜 나 자신에게 모멸감을 느껴야 하는지 분하고 억울하고 속상했다. 분하고 억울하고 속상한 만큼 또한 나는 착하고 친절하고 명랑할 수가 있었다. 어떻게 그럴 수 있었을까. 분하고 억울하고 속상하면 화를 내도 모자랄 텐데도. 안개는 쉽게 걷히지 않는다. 시간이 갈수록 안개 밖 세상에서 나는 소리들은 다양해졌다. 나는 그 소리들을 뒤로하고 안개 속으로 사라질 것인가를 생각했다. 안개 속으로 사라져서 다시는 세상 밖으로 나오지 않는다면, 그러면 모든 문제가 해결될 것인가. 아버지가 세상을 떠나버렸을 때, 아버지가 남긴 문제들은 해결이 되었던가. 왜 엄마는 정말이지 분하고 억울하고 속상할 텐데도 늘 웃고 씩씩한 것일까. 나는 안개 속에서 생각했다. 아버지와 오빠를. 그리고 엄마와 나를. 반장과 담임과 세상 사람들을. 그러느라고 나는 안개가 걷힌 줄도 몰랐다. 나는 안개가 말끔히 걷힌 강가에 오도카니 앉아 있었다. 그리고 나는 보았다. 내가 안개 속에 있을 때 세상 밖 소리라고 여기던 소리들의 주인공들 또한 나와 같이 강가에 있던 사람들임을. 그들은 아직도 다투고 있었다. 그것은 다정한 다툼이었다.

"난 죽지 않는다니까. 다시 말하지만 내가 누구 좋으라고 죽냐, 죽기를."

남자가 말했다.

"진짜지? 진짜 죽지 않을 거지?"

여자가 다정하게 남자의 팔짱을 끼었다. 그들은 부부인가, 연인인가. 나는 얼른 책가방을 등에 메었다. 그리고 강둑을 뛰었다. 안개가 걷히니 모든 것이 부끄럽고 또 부끄러워 나는 뛸 수밖에 없었다. 무엇이 부끄러운가. 그러나, 부끄러움의 정체를 나는 굳이 알아보고 싶지는 않았다. 다만, 내가 할 수 있는 것은 뛰는 것뿐. 아침 햇살이 마악 퍼지기 시작하는 세상 속으로 나는 달려 나갔다. 그러면서 가만히 읊조렸다. 강가에 앉은 남자의 말을.

　나. 는. 죽. 지. 않. 겠. 다.

일 가 一家

그날은 봄방학을 한 날이었다. 학교가 끝나고 여느 날과 다름없이 자전거를 타고 귀가했다. 우리 집으로 오르는 언덕길에서부터는 자전거를 타고 가기가 좀 힘들다. 내려서 자전거를 끌고 갈까 어쩔까 하다가 힘들더라도 그냥 타고 가기로 했다. 오늘은 어쩐 일인지 다른 날보다 힘이 남아도는 것 같았다. 그 이유가 무엇일까. 그것이 미옥이 때문이라고 한다면 좀 남세스러운가? 하여간 날은 다른 날과 똑같은 날이지만 내 기분만은 특별한 날이었다. 나는 지난주 월요일에 미옥이에게 편지를 보냈었다. 내가 미옥이에게 관심이 있다는 것을 어떻게 표현해야 할지 모르겠다고 아버지에게 말했더니 아버지는 편지를 보내보라고 했다.

"편지요? 너무 촌스럽지 않을까요?"

"그건 촌스러운 게 아니라, 오히려 정중한 거다. 봐라, 내가 너희 엄마와 결혼할 수 있었던 것도 다 편지 덕분이지."

나는 아버지 말대로 미옥이에게 정중하게 편지를 썼다. 나는 사실 겨울방학 내내 미옥이만 생각했다. 나는 나중에 꼭 미옥이와 결혼하리라는 결심을 굳히고 또 굳혔다. 미옥이와 결혼할 수 있기 위해서는 나이를 빨리 먹어야 하는데, 이제 겨우 열여섯 살이라는 게 분하고 원통할 지경이었다. 그러나 편지에는 그런 말을 쏙 빼고 그저, 방학을 어떻게 보내고 있는지, 공부는 열심히 하고 있는지, 3학년에 올라가서는 더 열심히 공부하자는 말과 함께 편지 끝에 슬쩍 혹시 나 보고 싶은 마음은 없는지 물어보는 것으로 내 마음을 표현했다. 편지를 부치기 위해 면 소재지 우체국으로 자전거를 타고 가면서 미옥이가 사는 동네 앞을 지날 때는 혹시 미옥이가 골목에 나와 있지는 않은지 마을 안 골목으로 들어가 괜히 맴을 돌기도 하면서 자전거 페달을 한없이 느리게 굴렸다. 그리고 어느 순간 정말 미옥이가 나타났다. 분명 미옥이였다. 미옥이는 같은 동네 애들인 아라와 보람이와 함께 어딘가를 가고 있었다. 아라가 먼저 나를 발견했다.

"야, 한희창."

나는 모른 척 그냥 페달을 밟을까 말까 하다가 마지못해 돌아보는 척, 덤덤하게 웃어 보였다.

"너 어디 가냐?"

"그냥 가던 길이야."

"근데, 왜 우리 동네는 들어와서 어정거려?"

"너희 동네 오면 안 되냐?"

나는 일부러 부드럽게 물었다. 내 부드러움에 아라 목소리도 금방 순해졌다.

"아니, 뭐 꼭 그런 건 아니지만. 그래, 잘 가라."

아라 옆에서 보람이는 그냥 생글거리기만 하고 정작 미옥이는 딴 곳을 바라보고만 있었다. 바보, 내가 정말 보고 싶은 얼굴은 왜 안 보여주는 거야. 나는 아쉬움에 발걸음이 떨어지지 않는다는 말을 실감하며 그 동네를 빠져나와 우체국으로 가는 지름길인 농로를 힘차게 달려 나갔다. 열이 오른 얼굴에 티끌 하나 없이 맑은 겨울바람을 맞으며 가는 길을 나는 어쩌면 평생 잊을 수 없을 것도 같았다. 솔직히 말한다면 평생 잊지 않기를 바란 것이 잊을 수 없을 것 같다는 기분으로 바뀐 것이긴 하지만 말이다.

그리고 드디어 미옥이에게서 답장을 받은 것이다. 학교에 갔는데 내 책상 서랍 속에 하얀 봉투가 들어 있어서 설마 하고 보니, 분명 '옥'이라고 쓰여 있었던 것이다. 나는 누가 볼세라 얼른 편지를 가방 안에 감추었다. 나는 편지를 뜯어보고 싶었지만 꾹 참았다. 설레는 기분을 좀 더 오래 누리고 싶어서이기도 했지만, 밤에 조용히 이불 속에서 뜯어보고 싶은 마음이 더 컸기 때문이다. 바로 이런 기분을 맛볼 수가 있어서 아버지는 내게 편지를 쓰라고 했는지도 모른다. 내가 '멋없게시리' 이메일을 썼더라면 미옥이도 답장을 이메일로 했을 것이다. 그러면 우리는 서로의 마음을 금방 알 수는 있어도 이렇게 설레는 기분 같은 건 느낄 수 없었겠지. 바로 이런 게 어른들이 흔히 말하는 '살맛'이 아닐까, 라고 나는 막연히 생각하며 언덕이 막 시작되는 과수원 초입에서부터 엉덩이를 힘껏 들어 올리고 페달을 힘차게 굴렸다. 그런데,

"아아, 그 궁뎅이두 차암."

하는 말이 들려오지 않는가. 반사적으로 소리 나는 쪽을 바라보았다. 저기 과수원 한복판에서부터 나를 향해 천천히 걸어오는 한 남자가 있었다. 처음 보는 사람이었다. 아마 과수원 속에서 소변을 보고 나오는 길임이 틀림없었다. 지나가는 사람들이 갑자기 볼일을 보고 싶을 때면 꼭 우리 과수원 속으로 쑥 들어가서 일을 해결한다는 것을 나는 알고 있었다. 엄마는 그것이 아주 신경질 나 죽겠다고 했고 아빠는 싱글싱글 웃으며 사람들에게는 우리 과수원이 좋은 일 하는 거고 우리 과수원에는 사람들이 좋은 일 하는 거지 뭐, 하고 대수롭지 않게 말했다.

나는 어느 쪽이냐 하면 엄마 편에 속했다. 삭지 않은 인분에서는 고약한 냄새가 나기 때문이다. 더구나 가지치기나, 꽃이나 열매 솎아주기 같은 것을 할 때 발밑에서 뭔가 물커덩 밟히기라도 하는 날이면 진짜 죽을 맛이다. 그것이 무엇인 줄 뻔히 알면서도 항상 으악

비명을 지르지 않고는 견딜 수 없이 기분이 나빠진다. 혹시 이 사람도 저 속에서 볼일을? 나는 속으로 '진짜 재수 없다.'라고 생각하면서 그냥 가려고 하였다. 그런데 또,

"야야, 너 어데로 갑네?"

'어데로 갑네?'

말이 좀 이상하다. 잉? 부, 북한 사람? 가, 간첩? 어따, 뛰자 뛰어.

좀 전의 재수 없다는 생각은 온데간데없고 나는 갑자기 남자가 왈칵 무서워졌다. 나는 휙 돌아서서 자전거 바퀴를 굴렸다. 그러자, 남자가 뒤에 서서(나에게는 틀림없이 비웃는 것으로 들렸다.) 킥킥 웃으며,

"허어, 고놈 차암."

하는 것이었다. 그 통에 오늘 특별히 좋았던 기분도 많이 사라져 버렸다. 우리 집은 따로 대문이 없다. 그냥 밭 가운데로 난 탱자나무 오솔길을 따라 쭉 들어서면 우리 집이 나온다. 나는 자전거를 오솔길 한가운데다 팽개쳐 놓고 집 안으로 달려 들어갔다.

"엄마아."

"엄매, 징그러운 거."

변성기가 지나서 본격적인 남자 목소리가 나기 시작하던 작년 1학년 때부터 엄마는 내가 큰 소리를 낼라치면 대뜸 징그럽다고 한다.

"엄마아, 우리 과수원에서 누가 나왔어. 누가 나왔단 말이야아."

“나오긴 누가 나왔다 그래? 뻘소리 말고 씻고 밥 먹자.”

“아이 씨, 그게 아니고 어떤 아저씨가 우리 과수원에서 나왔다고.”

“어느 집 거위가 때꽉때꽉허는 것이여?”

아닌 게 아니라 내 목소리는 거위가 꽥꽥하는 것 같다. 더구나 흥분을 해서 더 그런 면이 있을 것이다. 거위가 꽥꽥거리면 사람들에게도 시끄럽단 소리나 듣게 마련, 거위에서 사람으로 돌아가려면 나는 그저 조용히 입을 다물 수밖에. 그런데 바로 그 순간,

“실례하갔습네다.”

바로 과수원의 그 사람이다.

“아악!”

나는 나도 모르게 비명을 지르고 말았다.

“첨 보는 사이도 아닌데 웬 악을 지르고 그러네?”

아저씨는 나를 향해 눈을 찡끗해 보이기까지 한다. 그때 부엌에서 밥을 차리고 있던 엄마가 내 비명 소리에 놀라 손에 반찬 그릇을 든 채로 마루에 나왔다.

“아주마니, 안녕하십네까?”

“아, 네에. 연변에서 오신 그분이신가요?”

아니, 저 이상한 말 쓰는 아저씨가 미리 연락하고 오는 우리 집 손님이었단 말인가?

“옌뻰이라니요, 어째 한국 사람들은 중국서 왔다면 고저 다아 옌뻰서 왔다고 알고 있습네까? 저는 저어 랴오닝성 따롄서 왔지요.”

엄마는 얼굴이 벌게져버렸다.

"아이구, 그렇다고 뭐 그렇게 부끄러워할 필요는 없습네다. 반갑습네다, 제수씨."

"하여간 뭐어, 어서 오세요."

"자아, 기럼 올라가겠습네다."

아저씨는 신발을 벗고 마루로 턱 올라앉는다.

엄마는 아버지가 있는 우사로 갔다. 나는 내 방으로 얼른 들어가버렸다. 마루에서 아저씨가 우렁우렁한 목소리로 나를 부른다.

"야야, 내가 무섭네? 무서워할 것 없다. 나는 너의 일가니까니."

일가니까니? 일가니까니가 뭐람. 나는 미옥이의 편지를 뜯어보고 싶었지만 마루에 있는 '일가니까니'라는 사람이 신경이 쓰여 편지를 뜯어보지도 못하고 책상 앞에 멍하니 앉아 있었다.

"오오, 형님, 어서 오세요."

"아아, 일가가 좋긴 좋구만이. 첨 보는데도 고저 피가 확 땡기는 거이."

"그러게 말입니다, 형님. 안으로 들어가시지요."

바야흐로 혈육 상봉의 감격적인 순간인가? 나가서 사진이라도 찍어줘야 하나? 아버지와 아저씨는 방으로 들어가고 엄마는 다시 부엌으로 들어갔다. 나는 살금살금 마루를 지나 부엌으로 갔다.

"엄마, 누구예요?"

"누구긴 누구야, 일가지."

그러고 있는데 아버지가 나를 불렀다.

"창이야, 이리 들어와서 아저씨께 인사드려라."

엄마는 우리 식구만 있을 때 쓰는 도리밥상을 접고 손님 올 때 쓰는 교자상을 폈다. 그러면서 벌써 얼굴에 수심이 깔리고 있었다. 엄마의 그런 얼굴을 보고 내 마음이 편할 리 없었다. 나는 떨떠름한 기분으로 방에 들어가 고개를 꾸벅 숙여 인사를 했다.

"야야, 조선 민족의 인사법이 무에 그리니. 좀 정식으로 하라우."

"요새 애들이 통 버릇이 없어서요. 뭐하니, 정식으로 하지 않고."

나는 무릎을 꿇고 아저씨한테 절을 했다.

"엎드려 절 받아먹기가 바로 요런 것이로구만그래, 이? 허허허."

아버지가 무슨 잘못이라도 저지른 사람처럼 안절부절못했다. 절만 하고 냉큼 일어서고 싶었지만 그러면 또 버릇없는 한국 아이라는 소리 들을까 무서워 가만히 앉아 있을 수밖에 없었다.

"이분이 누구시냐면, 내 큰아버지의 아드님이야. 나에게는 사촌 형님이 되니까 너에게는 당숙이시란다."

할아버지의 큰형님이 일제시대 때 만주로 가셨는데 해방이 되고도 돌아오지 않아 소식이 끊겼다는 말을 나도 언젠가 듣긴 들었었다.

"그런데, 우리 집을 어떻게 알고 찾아오셨어요?"

인사만 하고 말 한마디 안 하고 일어서면 그것도 예의가 아닐 것 같아서 한 질문이다.

"으응, 고거이는 말이지, 우리 아버님께서 돌아가시기 전에 아버님 고향 얘기를 안 하는 날이 없었다이. 고래서 내가 내 본적지인 이곳 주소를 달달 외우고 있지 않았갔니."

"한국에 들어오기는 진작에 들어오셨는데, 그동안 경황이 없으셔서 못 오시다가 이번에 오시게 된 거야."

아버지의 보충 설명이었다. 드디어 밥상이 들어왔다.

"형님 많이 드시지요."

"히야아, 고향에 오니 차암, 밥상다리 부러지갔네에! 이거이 고향의 정이라넌 거갔지? 허허허."

밥상에는 술도 올라왔다. 엄마가 지난여름에 담근 매실주였다.

"야야, 그라스 하나 가져오라우."

엄마가, 유리컵 말이야, 하고 말했다. 아저씨는 도자기로 된 조그만 술잔은 상 밑으로 싹 치워버리고 내가 가져다준 맥주 유리컵에 넘치도록 술을 따랐다.

"자아, 동생, 이거 우리 오늘이 력사적인 형제 상봉의 날이 아니웨까. 한잔 쭉 들이키자우요."

"아이고, 형님 말씀 놓으십쇼."

그날은 아저씨의 연변 이야기, 아니 랴오닝성 이야기, 큰할아버지 이야기, 아저씨의 중국 생활 이야기, 아저씨의 외갓집 이야기, 이북에 살고 있다는 아저씨의 외삼촌 이야기, 아저씨가 한국에 들어와 산 이야기를 듣느라 온 식구가 꼼짝도 못하고 지나가 버렸다.

아저씨는 말하자면 한국에 돈을 벌러 온 '조선족' 이주 노동자인 것이다. 술잔 비워지는 속도가 점점 빨라지면서 아저씨의 흥분 상태도 고조되고 있었다. 우사에서는 소가 밥 달라고 매애거렸다. 아버지는 안절부절못하였다. 그러나 아저씨는 아버지를 도통 놓아주려 하질 않는 것이었다. 엄마가 잠깐 '과일이라도.' 하면서 일어설라치면 '과일은 무슨, 일없습네다.' 하면서 극구 만류하는 통에 엄마 또한 주저앉을 수밖에 없곤 하였다. 나는 적당한 때를 봐서 슬쩍 일어서야지, 하고서 아저씨의 말에 귀를 기울이는 체하면서 속으로는 계속 미옥이의 편지만 생각하고 있었다.

"창이야, 우사에 가서 소먹이 좀 주고 오너라."

아버지가 끝내 일어서지 못하고 내게 일을 시켰다. 나는 냉큼 일어나 우사로 갔다. 이제 소먹이만 주고 나면 내 방에 들어가 미옥이의 편지를 볼 수 있을 것이다. 우리 집 소는 모두 일곱 마리다. 다들 엉덩잇살이 투실투실하고 어깨가 떡 벌어졌다.

내가 한참 소먹이를 주고 있는데 뒤에서 갑자기 아저씨 소리가 났다.

"하아, 그놈들, 궁뎅이도 차암."

그것은 내가 아저씨를 처음 만났을 때 했던 말하고 똑같은 것이었다. 나는 나도 모르게 내 엉덩이 쪽으로 손이 갔다. 그랬더니 거름더미 쪽으로 돌아서서 소변을 보던 아저씨가 그것은 언제 봤는지 돌아선 채로 손을 저어 보였다. 안 보고도 어떻게 내 손이 엉덩이 쪽으로 갔는지 알 수 있단 말인가. 아저씨는 결코 기분 좋은 느낌 따위는 손톱만큼도 주지 않는 사람이었다.

어쩐 일인지 다음 날이 되어도 아저씨는 떠날 기미를 보이지 않았다. 시키지도 않았는데 아침에 일어나 아버지가 평소에 우사 입구에 걸어놓는 아버지의 작업복을 입고서 우사로 가더니 소먹이를 준다, 바닥을 청소한다, 과수원에 거름을 낸다, 분주하게 돌아치는 것이었다. 그리고 다음 날도, 그다음 날도 아저씨는 아버지를 따라다니며 혹은 혼자서 마치 우리 집 일꾼으로 들어온 사람처럼 구는 것이었다. 밥때가 되면, 마당을 들어서며 제수씨 밥 안 줍네까? 뱃가죽이 아주 등가죽에 가 붙었습네다, 하고 우렁우렁하게 소리를 치는 것이었다.

나는 사실 우리 식구 말고 다른 사람이 오면 반갑기는 하지만 그것은 순전히 손님으로 왔을 때뿐이다. 손님으로 왔으니 금방 가야 할 사람이 몇 날 며칠을 가지 않고 아예 눌러앉아 살 기색을 보이니, 나는 답답해서 견딜 수가 없었다. 내가 답답한 것은 우리 식구만 있을 때처럼 말이나 행동이 자연스럽거나 자유롭지 못하기 때문이다. 더구나 내 말, 내 행동 하나하나에 '조선 사람의 예의범절'을 따지는 손님이니, 신경이 보통으로 쓰이는 것이 아니었다.

"아버지, 아저씨 언제 가요?"

나는 지나가는 말투로 슬쩍 아버지에게 물었다. 그랬는데,

"창이 너 이제 보니 아주 버릇없는 놈이구나. 손님이 오셨으면

계시는 동안 불편하지 않도록 잘 모실 생각만 해도 모자랄 판국에
뭐? 언제 가? 예끼, 이놈."

아버지에게는 손님에 관한 말은 아예 꺼내지 않는 게 좋을 것 같
았다.

"엄마, 저 아저씨 언제 간대요?"

"낸들 아니?"

그러고 보니 엄마도 답답하기는 마찬가지인 것 같았다. 엄마를
답답하게 하는 것은 사실 내가 느끼는 답답함보다도 더 심각한 것
이었다.

"원, 아무리 일가래도 저건 몰상식이야."

"맞아, 몰상식."

"아무리 일가래도 엄연히 손님으로 와놓구선 날마다 술을 달래
지 않나, 옷을 빨아달래지 않나."

"맞아, 아무리 일가래도."

"야, 근데, 너 요새 뭐하고 돌아댕기니?"

"내가 뭘요?"

"네 책상 위에 있던 웬 여학생한테서 온 편지, 내가 압수했다."

아차, 미옥이에게서 온 편지. 나는 엄마에게 조용히 말했다. 이럴
때 악을 쓰면 더 어린애 취급을 받을 것이 확실하기 때문에. 목소리
가 변하고 나서 좋은 점은 바로 이럴 때다. 어린애 목소리로는 도저
히 이런 '공포의 저음'이 나오지 않기 때문에.

"엄마, 그 편지 도로 저에게 주세요."

"자기한테 온 편지를 제대로 간수하지도 못하는 애한테 내가 왜 주냐?"

엄마는 편지 압수한 이유를 그런 식으로 눙치고 있다. 내가 간수를 못해서 압수해 간 게 아니라, 내가 공부는 안 하고 여자애한테 신경 쓸까 봐 겁나서 그랬다고 엄마가 솔직히 말했으면 나는 끝내 악을 쓰는 우를 범하진 않았으리라.

"그건, 저 손님 때문이었잖아아!"

악을 써놓고 나서 나는 내 발등을 내가 찍는 것 같은 아픔을 느꼈다.

"편지하고 손님하고 무슨 상관이야?"

"하여간, 그 편지 돌려줘요."

"싫다면?"

"왜 싫은 건데요?"

나는 될 대로 되라는 심정으로 다시 한 번 악을 꽥 쓰고 말았다.

"너 공부에 지장 있으니까 그렇다, 왜. 이제 3학년인데, 괜히 이성 문제에 휩쓸리다 보면 바닥으로 떨어지는 거 순식간이야. 건넛집 순길이 봐라, 약국집 애랑 사귄다고 돌아댕기다가 지난번에 성적이 꼴등이 났잖아."

"아아, 진짜."

처음에는 엄마의 솔직하지 않은 말에, 그리고 지금은 늦게야 실

토하는 엄마의 이실직고에 나는 그만 '돌아'버릴 것만 같았다. 며칠 사이에 내 기분은 최고에서 최악으로 곤두박질치고 말았다. 나는 정신없이 안방으로 들어가 엄마가 숨긴 편지를 찾아 사방을 뒤지기 시작했다. 내 눈에는 거의 아무것도 보이지 않고 오직 미옥이의 편지만이 눈앞에 어른거렸다. 엄마가 방문 앞에서 낮고 조용히, 으르렁거리듯이 한마디를 내뱉었다.

"완전 미쳐버렸구만."

내가 부르르 떨고 있듯이, 엄마 목소리도 왠지 떨려 나오는 것이 어쩌면 엄마도 떨고 있는지도 몰랐다. 과수원에 거름을 내고 있던 아버지가 장화를 신고 저벅저벅 마당으로 들어섰다.

"여보, 뭐해. 술 내오잖고."

아버지는 사실 술도 못 마시면서 순전히 아저씨 때문에 술을 가지러 온 것이다.

"당신 아들 좀 보쇼. 여자애한테서 온 편지 찾는다고 눈에 불이 붙었소."

"아, 드디어 편지가 오긴 왔구나. 축하한다야."

"편지가 오면 뭐해요. 엄마가 뺏어 가서 돌려주지 않는걸."

"뭐야? 여보, 당신 왜 그래? 창이한테 온 편지를 왜 당신이 가져?"

"그걸 몰라서 물어요? 지금 쟤 나이가 몇 살이야? 이제 겨우 열여섯 살짜리한테 무슨 놈의 연애편지야? 딱 사 년만 참아라. 스무 살만 되면 그때부터는 연애편지가 아니라, 누구하고 연애를 하든 결혼을 하든, 내가 간섭하지 않을 테니."

"여보, 당신 이제 보니 참 야만인이군그래. 아니, 어떻게 자식한 테 온 편지를 갈취해?"

"가, 갈취? 당신 지금 나보고 갈취했다고 했어요?"

"그럼 그것이 갈취한 것이 아니고 뭐야?"

아버지, 엄마의 언성이 점점 높아지고 있었다. 나는 그 순간 어떻게 해야 할지 알 수가 없었다. 내 문제 때문에 싸우는 것이 틀림없으니 내게도 책임이 있는 것은 분명했다. 책임 있는 사람이 할 일은 오직 하나, 이 싸움을 말려야 한다. 그러나 나는 그 순간 그냥 도망치고만 싶었다. 두 양반이 싸우든지 말든지, 나는 그냥 어디론가 사라져버리고만 싶었다. 무엇보다도 나는 그 상황이 무서웠다. 아버지는 내 편지를 엄마가 '갈취했다'고 한 부분을 결코 취소하지 않았다. 그런데 '갈취했다'는 말이 뭐가 어쨌다고 그 말에 그렇게 엄마는 분개하는 것일까. 나는 내 방으로 들어가 문을 잠가버렸다. 이 싸움이 끝나더라도 당분간 집안에는 냉기가 돌 것이다. 아버지, 엄마의 싸움이 있고 난 후면 언제나 그랬듯이. 어렸을 때는 막연히 공포스럽던 그 냉기가 이젠 넌더리가 날 것이 뻔했다. 나는 이제 열여섯 살이다. 공포스러움을 그저 참고만 있어야 했던 시절은 지났다는 얘기다. 나도 이제 내 생활이 있고 내 생각이 있고 내 인격이 있다. 나는 내 생활과 내 생각과 내 인격을 존중받지는 못하더라도 무시당하며 살고 싶지는 않다. 무시당하고 살아도 그것이 무시당하는 건지 아닌지조차도 분간 못 할 나이는 아니다. 아니, 나는 언제나 분간은 했었다. 다만 힘이 없었을 뿐. 그런 생각을 하다 보면 입술이 저절로 지그시 깨물어진다. 무시당하고 있음을 알지만 내가 아직 힘이 없어서 어떻게 해보지도 못하고 지났던 내 어린 시절이 원통하고 불쌍해서 그런 것이다.

나는 벽에 등을 기대고 가만히 있었다. 그러고 있으니 고독감이 밀려들었다. 엄마 앞에서 사춘기도 못 벗어난 아이처럼 굴 때는 언제고 또 이럴 때는 꼭 누구도 나를 책임져줄 수가 없는, 이 세상에서 오직 나만이 나를 책임져야 하는 나이를 먹어버린 것 같은 기분이 들었다.

엄마, 아버지의 싸움은 쉽게 끝날 것 같지 않았다. 싸움은 그놈의 '갈취했다'는 부분에 막혀서 타협점이라곤 찾을 수 없는 극한으로 치닫고 있는 형국이었다.

"갈취라고요?"

"그래, 갈취."

"아니, 어떻게 '가로챘다'도 아니고 '갈취'라는 말을 나한테 할 수가 있어? 그건 그러니까 사기꾼들한테나 할 수 있는 말이지 않나? 당장 취소해요."

"갈취."

"당신, 이쯤 되면 이제 막 나가자는 거야, 뭐야?"

엄마는 언젠가 노무현 대통령이 텔레비전에서 검사들과의 대화에서 했던 말까지 인용하며 흥분을 가라앉힐 기미를 보이지 않았다. 은근히 겁이 나기 시작했다. 엄마 말대로 이쯤 되면 엄마야말로 막 나가 보자는 것일지도 모른다. 나는 슬그머니 방문을 열고 마루로 나갔다.

엄마도 엄마지만 아버지도 참 대단하긴 대단한 사람인 것 같았다. 싸움의 와중에도 직접 주전자에 매실주를 담고 냉장고에서 안주 할 만한 것을 찾다가 적당한 것이 없는지 냉장고 문을 꽝 닫고 찬장에서 멸치 한 주먹과 고추장을 꺼내 쟁반에 담아 들고 나가며 다시 한 번 쐐기를 박듯이 중얼거렸다.

"갈취."

아버지는 집으로 들어올 때 그랬던 것처럼 나갈 때도 쟁반을 들고 저벅저벅 과수원으로 나갔고 엄마는 마루에 주질러 앉아 한숨을 몰아쉬고 있었다. 말없이 한숨만 몰아쉬고 있는 엄마가 왠지 두려웠다. 나는 걸음아, 날 살려라, 하고 과수원 쪽으로 뺑소니를 쳤다. 그래야 엄마가 그때쯤, 자존심 때문에라도 꾹 참고 있었던 눈물을 마음껏 흘릴 수 있을 것이 아닌가. 누가 보면 절대로 눈물 따위 흘리고 싶지 않은 것은 애나 어른이나 마찬가지일 테니까.

나는 알고 있었다. 사실 엄마, 아버지가 저렇게 대립할 수밖에 없는 밑바닥 감정에는 분명 아저씨의 존재가 작용하고 있다는 것을. 그러나 엄마도, 아버지도 아저씨에 대한 말은 입 끝에도 올리지 않왔다. 그 이유는 아저씨가 바로 지척에 있는 우사에서 거름을 내는 척하면서 집 안의 상황에 낱낱이 귀를 기울이고 있을지도 모르기 때문이었을 것이다.

아버지와 아저씨는 배나무 아래서 술을 마시는 중이었다. 괜히 어색해서 전지가위를 들고 가지를 치는 척하면서 배나무 사이를 왔다 갔다 하는 나를 아버지가 불렀다. 나는 아버지가 부르는데도 못 들은 척했다. 실은 아버지한테 내가 보내는 모종의 반항의 제스처라고나 할까. 그것은 그러니까, 엄마를 지나치게 슬프게 만든 것에 대해 아버지가 지금쯤 고통을 좀 느껴야 하지 않겠느냐는 무언의 압력 같은 것이었다. 내 감정은 정말 나도 잘 모르겠다. 엄마가 나한테 온 편지를 가져간 것을 아버지가 '갈취'했다고 했을 때는 일면 통쾌함까지 느껴졌던 것이 사실이었다. 그런데 아버지가 끝내 그놈의 '갈취'라는 말을 고집하는 모습은 사람을 질리게 하기에 충분했다. 내가 질릴 정도면 엄마는 오죽했겠는가. 가만 생각해보면 엄마, 아버지의 싸움이란 게 늘 그런 식이었다. 어느 한쪽이 그냥 대충 넘어가 주면 유야무야 끝날 수도 있는 문제를 가지고 두 양반은 그렇게 이따금 팽팽히 고집을 부리는 것이다. 그러고 나서 얼마간 냉기와 해빙 무드와 함께 백화가 만발했다가 다시 공포의 고집 부리는 날이 그동안 깜빡 잊고 있었다는 듯이 찾아오고.

"창이야, 마침 잘 왔다. 아저씨께 술 한잔 따라드려라."

나는 한참을 머뭇거리다가 쭈뼛쭈뼛 다가갔다.

쟁반은 좀 초라했다. 너무 오래되어서 소금기가 버석버석 올라온 멸치 한 주먹과 밥풀이 섞여 있는 지저분한 고추장 종지. 사실, 아저씨는 우리 집에 온 첫날과 그다음 날 정도만 손님 대접을 받았다. 엄마는 엄마대로 마을 부녀회에서 하는 한과 공장에 다니느라 바쁜 몸이긴 했다. 손님도 하루 이틀이지 날마다 손님 대접할 수는 없는 처지였던 것이다. 그래도 멸치 안주만 달랑 놓인 쟁반이 좀 민망하긴 했다. 나는 술을 따랐다. 아저씨가 술을 들이켜고 나서 말했다.

"캬아, 조카가 따라준 술이 역시 최고구만. 조카도 한잔하갔네?"

그러더니 사이가 벌어진 커다란 앞니를 드러내 보이며 나를 향해 벌쭉 웃는 것이었다.

'거참, 속도 편하십네다.'

내가 속으로 무슨 말을 했는지도 모르는 아저씨가 내게 술을 주었다. 아버지도 아저씨가 주시는 것이니 받으라고 했다. 정직하게 말한다면, 술을 처음 먹어보는 것은 아니었다. 지난봄 수학여행 때 아이들하고 여관방에서 선생님 몰래 맥주를 마셔본 적이 있었다. 내가 막 아저씨의 술잔을 받는 순간, 엄마가 부르는 소리가 났다.

엄마도 분명 아저씨가 나에게 술을 준 것을 보았을 것이다. 그러나 엄마는 아무 말도 않고 조용히 편지를 내밀었다.

"내가 니 편지를 갈취했다면 정말 미안하구나."

나는 그저 편지가 되돌아온 것만이 황송해서, '아니에요, 어머니.’ 소리가 절로 나올 뻔했다.

“오늘은 미안하지만 네가 저녁 준비를 해야겠다.”

“어디 가시게요?”

엄마는 말없이 집을 나갔다. 탱자나무 울타리를 돌아 나가는 엄마의 뒷모습은 결코 쓸쓸한 분위기는 아니었다. 그런데 엄마의 그 ‘결코 쓸쓸하지도 않은’ 뒷모습이 왜 그리도 내 마음을 아프게 하는지 알 수 없었다.

엄마는 이튿날도, 그 이튿날도 돌아오지 않았다. 전에 없던 일이었다. 전에는 아버지하고 싸워서 나갔든 그냥 나갔든, 꼭 하루면 돌아오곤 했던 것이다. 그리고 엄마가 집을 나가 간 곳이 어딘지도 아버지나 나나 알 수 있었다. 그곳은 고모 집이거나 내가 이모라고 부르는 엄마의 친구 집이었다. 이번에도 둘 중 한 곳에 갔겠거니, 하고 아버지나 나나 안심하고 엄마가 돌아오길 기다리며 남자 셋이서 밥을 해 먹고 낮에는 일을 하고 밤에는 텔레비전을 보다가 잠을 잤다. 밥하는 것은 주로 내가 하고 국은 아버지가 끓이고 반찬은 그냥 있는 대로 먹었다. 아저씨는 여전히 밥 먹을 때도 술 한 잔, 일할 때도 술 한 잔, 쉴 참에도 술 한 잔, 하루에 매실주 석 잔 이상을 마셨다.

“나 때문에 제수씨가 집을 나간 게라면 정말 동생한테 미안하오.”

"아이고 형님, 그게 무슨 말씀이십니까. 그건 전혀 그렇지 않습니다. 부부가 살다 보면 부부 싸움이란 것도 가끔 하게 되는 거고 애 엄마가 집을 나간 것도 결코 형님 때문이 아니라…….."

"참말 미안하오, 동생."

"형님 자꾸 그러시면 제가 들 낮이 없습니다."

"하아, 내가 죄인이오."

"아니라니까요, 형님."

자기가 죄인이라고 하는 아저씨도 힘들고 그것이 아니라고 하는 아버지도 참 견디기 힘든 상황임에 틀림없었다. 그러나 무엇보다 힘든 사람은 바로 나였다. 나로 말할 것 같으면 미옥이에게서 내 의지, 내 감정과는 상관없이 끝종 선고를 받은 참이었기 때문이다. 모든 것은 엄마의 소원대로 되어가는 셈이었다. 엄마가 집을 나가는 강수를 써야만 아버지가 아버지의 중국 형님을 이제 그만 내보낼 것이라고 계산했을 것이다. 또한 내 편지는 이미 시효가 지난 편지임을 확인하고 돌려준 것임이 틀림없었다. 미옥이는 그 편지에 썼던 것이다. 네가 정말 나를 좋아한다면 오늘 학교 끝나고 교회 뒤 느티나무 밑으로 와. 그러면 네 마음을 받아줄게. 오늘도 안 나온다면 너완 이제 끝종이야. 그러나 '오늘'은 이미 한참이나 지난 뒤다. 끝종은 나도 모르게 울려버렸다.

그러나, 정말 그런 것인가. 생각해보면 엄마는 사실 아저씨한테 그렇게 많은 불만을 가졌던 것은 아니었던 것도 같다. 아버지와 싸울 때도 아저씨에 관한 말은 한마디도 안 하지 않았나. 아저씨라는 존재가 엄마, 아버지의 싸움에 영향을 미친다고 여겼던 것은 순전히 나 혼자만의 생각이었을 수도 있었다. 그리고 엄마가 정말 내 편지를 뜯어보지 않았을 수도 있지 않은가. 유효기간이 끝난 줄은 모르고, 그저 엄마가 잘못했다 싶어 돌려준 것인지도 모른다. 그런 생각을 하고 있자니, 엄마 없는 집 안이 사람 사는 집 같지가 않았다. 엄마가 집을 나간 지 사흘째 되는 날 밤에는 하도 잠이 안 와서 어둠 속에서 벽에 등을 기대고 앉아 있는데 눈물 한 줄기가 주르르 볼을 타고 흘러내렸다. 이제 나는 누구와의 결혼을 꿈꿀 수 있을까, 미옥이가 없는 빈자리를 채워줄 여자애는 도무지 떠오르지 않았다. 막막하기 짝이 없었다.

휴우, 한숨 소리가 절로 나왔다. 그런데 내 한숨 소리가 끝났는데도 어디선가 또 하나의 한숨 소리가 들려오는 것이었다. 마치 내 한숨 소리가 밖으로 나가 저 혼자 살아 있는 것처럼 말이다. 방문을 왈칵 열었다. 마루에 아저씨가 앉아 있었다.

"아직 안 자네? 아직 안 자면 이리 오라."

내키진 않았지만 '조선의 예의범절'로 인하여 안 나갈 수는 없었다.

"참으로, 영화「림해설원」의 한 풍경이로구나야."

마루에서 내려다보이는 과수원 가득히 하얀 달빛이 쏟아져 내리고 있었다.

"저기 한가운데 무투팡자 한 채 짓고 내 평생 살았으면 좋갔구 나야."

안방에서는 아버지의 코 고는 소리가 들려왔다. 림해설원이니, 무투팡자니, 나는 그저 그런 영화가 있는가 부다, 그런 집이 있는가 부다, 짐작만 할 뿐이다.

"우리 외할아부지가 동북지방 최고의 포수였넌덴, 너 고거 알간? 한번 산에 들어가면 열흘이고 보름이고 산에서 묵어 오는데 내려 올 때는 포획한 사냥물을 한 짐씩 메고 와서는 온 동네 사람들한테 나눠줘 버리군 하셨데누나야."

나는 졸음이 쏟아지기 시작하는 걸 억지로 참고 아저씨 말을 들 었다.

"우리 외삼춘은 말이지 함자가 영 자 봉 자야, 영봉이 삼춘이 신 의주 어데 살고 있지 않간? 왜 그케 됐냐 하면은, 그때 내 막내이모 가 먹을 게 없어 죽지 않았간? 바람벽 흙을 파먹다 말이지. 그래 외 삼춘이 분연히 떨쳐 일나 말하길, 누이 난 여기서 더는 못 살겠소, 나는 강 건너로 갑네다, 하구선 떠났단 말이지. 내 한국 오기 전 북 선이 아주 곤란을 겪고 있을 적인데, 딴뚱에서 외삼춘을 만났지 않 았갔어? 아주 기적이었지. 수십 차례 보낸 편지 중에 한 편지가 드 디어 외삼춘한테 닿았던 거야. 아, 우리 외삼춘두 차암."

나는 눈을 떴다 감았다 했다. 아저씨가 아, 우리 외삼춘두 차암, 하는 소리에 눈이 번쩍 떠졌다. 문득, 아저씨가 내게 처음 했던 말,

그놈 궁뎅이도 차암, 하는 소리와 비슷한 느낌 때문이었을 것이다.

나는 속으로 말했다.

'거, 아저씨도 차암.'

그러고 나서 나는 깜빡 잠이 들어버렸다. 아침에 눈을 떠보니, 부엌에서 낯익은 소리가 났다. 똑같이 달그락거려도 어쩐지 부드러운 달그락거림. 그것은 바로 엄마가 왔다는 소리였다. 나는 부엌문을 열고 슬며시 부엌 안을 들여다보았다. 피차 쑥스러워 말은 할 수 없었지만 그래도 엄마가 돌아왔으니, 행복한 아침인 것은 틀림없었다. 마침 아버지가 아침 일을 마치고 마당으로 들어서며,

"형님도 차암."

하는 것이었다. 아저씨와 며칠 살더니 아버지도 아저씨 말투를 닮아가는 모양이었다.

"왜요, 아버지?"

"아, 글쎄, 가실 거면 정식으로 아침이라도 드시고 갈 일이지, 부득불 새벽차를 타야 한다고 하구서 결국 떠나셨잖니."

"아저씨 가셨다구요?"

"그렇잖구."

나는 엄마를 돌아보았다. 시원한 표정일까, 섭섭한 표정일까가 궁금해서는 결코 아니었다. 단지 그냥 얼떨떨한 기분에 그런 것일 뿐.

"그러게 말예요. 내가 막 역에 들어서니까 시숙님이 개찰구를 빠

져나가고 있지 뭐예요. 시숙님도 차암."

엄마는 기차를 타고 어디를 갔다 왔던 것일까. 궁금하긴 했지만 나는 엄마에게 끝내 아무것도 묻지 않았다. 물으면 피차 쑥스러울 것 아닌가.

나는 이제 곧 고등학생이 된다. 중학교 삼 년을 돌아본다. 그중에 잊을 수 없는 사람이나 사건이 무엇일까. 벽에 등을 기대고 생각해 본다. 사람이라면 단연코 미옥이가 떠오른다. 나는 언젠가 미옥이 때문에 지금처럼 벽에 등을 기대고 앉아서 굵은 눈물을 흘린 적이 있다. 나는 그것을 아직 똑똑히 기억하고 있다. 그런데 참 이상하다. 똑같이 미옥이를 생각하는데도 지금은 왜 눈물이 나지 않는 걸까. 내가 큰 것일까? 아니면 내가 마음이 변한 것일까. 아니면……. 알 수 없는 일이다. 아버지 말씀마따나 알려고 하지 않아도 언젠간 저절로 알게 되는 날이 올 것이다. 사건이라면? 물론 부부 싸움으로 인한 어머니의 가출 건일 것이다. 그때, 일가라는 사람이 있었지. 중국에서 온 아저씨, 나의 당숙. 나는 왜 그를 까맣게 잊고 있었던 것일까. 그러나 나는 맹세코 아저씨를 한 번도 잊은 적이 없다. 내가 아저씨를 잊었다면 지금 이 순간 왜 그를 생각하고 눈물이 난단 말인가.

아침에 밥을 먹으면서 나는 아버지한테 물었다.

"아버지, 그 일가라는 분요."

“누구?”

“아니, 아버지도 잊으셨어요?”

“아, 그 형님 말이야?”

“네. 지금도 연락하시나요?”

“글쎄다. 워낙에 형님들이 많아서 말이지.”

“그런데, 아버지, 정말 그분이 아버지 사촌 형님이 맞아요?”

“이 세상에 사촌 아닌 사람이 어디 있니?”

갈수록 오리무중이었다. 그런데 나야말로 왜 새삼스럽게 그 아저씨를 궁금해하는 것일까. 내가 정말 크기는 큰 것일까? 이제야말로 누군가에 대해서 알고 싶어 하는 것을 보니 말이다. 국어 선생님이 그랬다.

“내가 내 외로움 때문에 울 때는 아직 그가 덜 컸다는 증거고 나와 상관없는 남의 외로움 때문에 울 수 있다면 이미 그가 다 컸다는 것을 의미한다. 그는 이제 더 이상 어린애가 아니다.”

선생님이 그 말을 할 때는 무슨 뜻인 줄 정말 몰랐다. 그러나 나는 어둠 속에서 벽에 등을 기대고 앉아 있을 때 알게 되었다. 작년 이맘때 나는 미옥이 때문에 울었다. 그러나 지금 나는 나의 일가, 나의 당숙 때문에 울고 있는 나를 종종 발견하게 된다. 미옥이를 생각하며 울 때는 미옥이가 내 마음을 알아주지 않은 게 원통해서 울었던 것임을 나는 알고 있다. 그런데 지금 이 눈물은 왜 나오는 것일까. 이것도 나중에 저절로 알아지는 눈물일까. 그것은 아직 알 수

없었다. 다만, 한 가지 내가 알 수 있는 것은 어떤 한 사람의 외로움
이 이제사 내게로 전해져 왔다는 것뿐. 나는 이제 열일곱 살이다.
더 이상 어린애가 아닌 것이다.

라면은 멋있다

연주가 일하는 햄버거 가게 앞에서 기다리는 시간은 좀 지루했다. 더구나 날씨마저 추웠다. 그러나 나는 가게 안으로 들어갈 수가 없었다. 돈이 없기 때문에, 아니, 돈을 아껴야 하기 때문이다. 돈을 아껴야 할 만큼 돈이 부족하니 하긴 돈이 없다는 말이 맞다. 연주는 이따금 흘깃흘깃 내가 서 있는 바깥쪽을 향하여 까치발을 하고 고개를 들어 올리곤 했다. 나는 그때마다 손가락으로 브이 자를 그려 보인다거나 어깨를 으쓱해 보인다거나, 그도 아니면 그냥 일부러 찻길을 바라봐 버리곤 했다. 연주가 안으로 들어오라고 하면 어쩌나, 불안한 마음이 들어서였다. 역시나, 연주는 일을 마치고 밖으로 나오자마자 내 어깨를 툭 치며 말했다.

"야아, 날도 추운데 들어오잖구선."

"야, 내가 들어가면 니가 일 못 하잖아."

"신경 안 쓰면 되지."

"그게 맘대로 되냐?"

"하긴."

다행이다. 연주가, 너 돈 없어서 그런 거지? 하고 물을까 봐 나는
조마조마했다.

"연주야, 우리 오늘은 좀 걷자."

"야아, 나 다리 아프단 말야."

"난 걷는 게 좋은데."

"난 어디 들어가 앉았음."

"그래, 그럼 우리 라면 먹으러 갈까? 오늘같이 추운 날, 라면 좋
잖아?"

"넌 만날 라면이냐? 하긴, 그게 멋있긴 하지만."

또 다행이다. 연주는 내가 만날 걷거나, 라면만 먹는 것을, 부잣
집 아이 폼 내는 것으로 여기고 있는지도 모른다. 아아, 어쩌다 일
이 이 지경까지 와버렸나. 하여간 연주가 '부잣집 아이'로 알고 있
을지도 모를 나 이민수는 '가난하지만 평범한 집 아이'(연주가 이
렇게 말했다.) 김연주와 바람 부는 거리를 나란히 걸어 단골 분식
집에서 라면 한 그릇씩 먹고 라면집 앞 공원으로 갔다. 밤바람이 차
가워서인가. 연주는 이따금 몸을 후루루 떨었다. 그리고 보니 연주

가 입은 스웨터가 몹시 낡아 보였다. 내가 보푸라기 잔뜩 인 옷을 바라보고 있다고 느껴서인지 연주가 몸을 조금 움츠리며 말했다.

"중학생 때 산 거라서……."

"야, 난 옷 오래 입는 사람들이 멋있더라. 요새 애들 뭐냐, 새 옷도 금방 버려버리고. 우리 아파트 가보면 옷 수거함에 새 옷들이 잔뜩 버려져 있더라. 에구, 청소년들이 이래가지고 장래 나라 꼴이 어찌 될는지."

연주가 나를 물끄러미 바라보았다.

"넌 꼭 할아버지들처럼 말해."

"그래서 싫다구?"

내가 좀 예민하게 반응했나? 그러나 연주는,

"아니, 의젓해."

그야말로 의젓하게 대답했다. 나는 큼큼, 목을 좀 가다듬고 고개를 한 바퀴 돌렸다. 이번에도 또 다행이다, 싶어서였다. 연주가, 지난번 100일 하루 남겨놓고 헤어졌던 진희 고 계집애처럼 따지고 들지 않아서 얼마나 다행이란 말인가. 진희는 똑같은 상황에서 틀림없이 이렇게 종알댔을 것이다.

"야, 아파트 수거함에 버려진 옷들이 다 청소년들이 버린 거라는 증거라도 있나?"

아니면,

"애들, 애들 좀 하지 마, 꼭 꼰대 같아."

진희는 내가 꼰대 같아서 '재섭다(재수 없다).'고 말하고 가버렸다. 그러나 나는 안다. 진희가 나를 떠난 이유를. 그것은 내가 가난한 집 애이기 때문이다. 저를 위해 쓸 수 있는 돈이 내게 없기 때문이다. 그 애는 제 생일인데도 내가 선물을 사주지 않았다고 잔뜩 삐쳤던 것이다. 그래서 나는 결심했다. 여자애를 사귈 때는 절대로 솔직해서는 안 된다고. 나는 나를 철저히 위장해야 한다. 위장하지 않으면 여자애들은 진희처럼 '재섭써.' 한마디 남기고 떠나버릴 거니까. 나는 진희를 미워하지 않는다. 가난한 집 애를 싫어하는 건 진희 취향일 테니까. 그러나 나는 진희하고 헤어지고 나서 마음잡기가 힘들었다. 하루에도 몇 번씩 머리끝으로 열이 뻗쳐올랐다. 나는 그럴 때마다 죄 없는 머리카락을 우두둑 쥐어뜯었다. 나는 마음을 잡자고 결심했다. 그러지 않으면 내가 스무 살도 되지 않아 대머리가 될 것만 같았다. 무엇을 해야 마음을 잡을 수 있을까, 궁리하며 하늘을 봤다. 수많은 간판들이 눈을 어지럽혔다. 거기, 진학학원 옆에서 오들오들 떨고 있는 간판 불 하나가 눈에 들어왔다. 비전독서실.

"이 썩을 인사야, 공부를 못하면 공부하는 흉내라도 내봐라 좀."

그날따라 엄마의 그 말이 폐부를 강렬하게 찔렀다. 낮에 봐놨던 독서실 때문이리라.

"그렇잖아도 낼부터 할라고 합니다요."

누나도 끼어들었다.

"노력이라도 해."

나는 손을 내밀었다.

"독서실비."

엄마도, 누나도 얼어붙었다. 그럴 줄 몰라서 손을 내민 것은 아니었다. 맘을 잡는 것도, 공부를 하는 것도 돈이 필요한 일이었다.

"환경이 아무리 안 좋아도 사람이 마음먹기 나름이다."

엄마는 그러니까 굳이 돈 들여서 독서실 가지 말고 집에서라도 하라는 거겠지. 겉으로야 그렇게 말을 하지만 남들은 학원이다, 과외다, 눈이 핑핑 돌아가는 세상인데 겨우 독서실비를 가지고 벌벌 떨어야 하다니, 하면서 엄마는 속으로 울고 있음에 틀림없다. 누나가 그런 엄마 처지를 좀 거들고 싶었나 보다.

"야, 시립도서관도 있잖아."

"거긴 순전히 초딩들뿐이야. 글고, 그 시립이 좀 멀어?"

하마터면 내 속을 들킬 뻔했다. 그러니까 내가 굳이 독서실을 다니려고 하는 이유를 들자면 마음잡고 공부하겠다는 명분 아래 그곳에 가면 여자애들을 만날 가능성이 있기 때문이기도 했다. 그 정도 정보야, 우리들 사이에선 상식이니까.

"니가 간만에 공부 좀 한다는데 학원비는 못 보탤망정 한 달 독서실비는 내가 보태주마. 대신 너도 밥하고 빨래하고 청소해."

엄마와 누나가 돌아가면서 하는 집안일을 나도 해야 한다는 조건으로 누나가 비상금을 털었다. 물론 그전에 내가 집안일을 하지 않은 건 아니지만 이젠 확실하게 의무적으로 해야 하는 것이다. 어쨌든 누나 덕분에 다니게 된 독서실에서 나는 의도했든 안 했든, 연주를 만났다. 방학하기 직전이었고 진희하고 헤어진 지 딱 한 달 만이었다. 연주는 방학하자마자 독서실을 끊고 아르바이트에 나섰다. 까딱했으면 나는 연주를 만나지 못했을 수도 있었다. 연주가 독서실을 그만두기 직전에 내가 독서실을 나오기 시작하다니. 인연치고는 대단한 인연이라고 나는 생각했다. 학기 중에 독서실에 다녔던 것은 학원을 다닐 수 없는 집안 형편 때문이라고 연주는 말했다. 나도 그렇다는 것을 그러나 나는 말하지 못했다. 진희에게서 받은 상처가 아직 아물지 않은 것이 틀림없었다.

식구들은 요즘 누나 등록금 문제로 초비상이었다. 누나가 대학에 합격한 것은 기쁨이자 두려움이 될 것이라고 한 내 예상이 맞았다.

아버지가 말했다.

"내 몸이 부서지는 한이 있더라도 우리 딸 대학 졸업시켜주마."

엄마도 결기 있게 나왔다.

"엄마 아부지가 설마하니 너 대학 공부 하나 못 시켜주겠냐."

그러나 엄마, 아버지가 버는 돈을 하나도 안 쓰고 석 달을 모아도 모자라는 돈이라고 엄마는 한숨을 쉬었다. 아버지는 숫제, 대학이 아니라 도둑들이라고 분개했다. 아버지는 그래도 그놈의 도둑들 소굴엘 들어갔다 나와야 사람대접을 받으니 기가 막힌다고도 했다. 엄마, 아버지는 그 도둑들 소굴엘 들어가 보지 못한 사람들이었던지라 엄마는 오늘도 뜨거운 물에 손이 퉁퉁 부르트도록 '소문난 갈비' 집의 기름때 묻은 불판을 철 수세미로 북북 닦아냈을 것이며 아버지는 오늘같이 추운 날도 길거리에 좌판을 벌여놓고 "메이커 기지바지가 한 벌에 단돈 만 원!"을 외쳤을 것이다.

때가 때이니만큼 나도 돈이 없다. 돈이 있더라도 돈을 쓰지 말아야 한다. 그걸 알면서도 나는 오늘도 돈을 썼다. 그깟 라면값 쓴 것도 돈 쓴 것이냐고 누군가 묻는다면 나는 아마 속으로 피울음을 울지도 모른다. 속으로 피울음 나는 것이 분해 나는 연주 집 앞에서부터 우리 집까지 열 정거장이 넘는 거리를 성난 소처럼 달릴지도 모른다. 그러나 묻는 사람 없어도 나는 찬 밤거리를 달려 집까지 왔다. 다행히 식구들은 아직 아무도 들어오지 않았다. 나는 원래는 오늘 낮에 해치웠어야 할 빨래를 하고 걸레질을 하고 밥을 했다.

연주가 내게 물었다.

"넌 집에 가면 뭐해?"

"밥 먹고 책 좀 보고 컴도 좀 하다가 음악도 듣고 그러다가 자는 거지 뭐."

말해놓고 나서 캬아, 어떤 자식인지는 몰라도 자식이 신세 늘어졌구나, 소리가 절로 나오려고 했다. 집에 온 나는 밥 먹고 내 방에 들어가 책을 보는 대신 부엌으로 들어갔다. 나는 라면을 먹었지만 식구들 밥을 해놔야 한다. 밥만 해놓고 국을 안 끓여놓으면 밥 한 공도 무시당한다. 국까지 끓여놔야, 그래도 밥한 티라도 낼 수 있다. 밥을 안치고 내가 젤 자신 있는 김칫국을 끓인다. 두부가 있으면 좋겠다. 냉장고 문을 열어본다. 냉장고 안에는 오직 김치뿐이다. 누나가 기적적으로 두부를 사가지고 지금이라도 들어와 준다면 늦지는 않을 텐데. 그러나 누나는 오늘 밤새워 일해야 할지도 모른다. 누나는 대학 입학 합격 통지서를 받은 날부터 장례식장 식당에서 서빙 일을 한다.

일단 멸치 국물을 우려내서 김칫국을 끓이기로 한다. 압력 밥솥이 칙칙 돌아간다. 어쭈, 이민수, 이젠 아예 주부가 다 되셨어, 혼잣소리로 중얼거리며 나는 카세트 라디오를 부엌에 가져다 놓고 아무 방송이나 틀어놓는다. 재작년 온갖 집안 살림에 차압 딱지가 붙었다. 엄마, 아버지가 한 치킨 가게가 망해서 세를 못 냈더니 가게 주인이 차압을 붙인 것이다. 라디오는 그런 와중에도 용케 살아남았다. 엄마가 이불 속에다 라디오를 감췄기 때문에 집달리들에게 라디오가 들통 나지 않은 것이다. 엄마는 나중에 차압 딱지를 피한 라디오를 안고서, 내가 얼마나 현명하냐, 하면서 괜히 혼자서 감격스러워했다. 텔레비전은 그 뒤 재활용품으로 다시 사들였는데 컴퓨터는 아직 구하지 못했다. 내가 연주 앞에서 한 말대로라면 나는 지금쯤 밥을 먹고 음악을 듣고 컴을 할 시간이다. 그러나 없는 컴을 할 수는 없으니 청소 좀 하고 텔레비전이나 보는 수밖에. 그러나 오늘은 왠지 텔레비전 볼 생각도 안 든다. 이상하게 마음이 들떠 올라 아무것도 할 생각이 나질 않는다. 사실 밥도 무슨 정신으로 했는지 모를 지경이다.

라면을 먹고 라면집 앞 작은 공원에서 우리는 캔커피를 마셨다. 공원 너머에는 연주가 사는 아파트 단지가 있었다. 그곳은 가난한 사람들이 사는 임대아파트라고 했다. 우리 집은 다세대주택이다. 지하에는 신혼부부가 살고 1층에는 중국에서 온 이주 노동자들이 살고 우린 2층에 산다. 3층에는 누가 사는지 모른다. 가끔 큰 소리가 나는 것을 보면 거기도 외국인들이 사는 것 같다. 말소리가 외국 말이다. 찻길이 가깝고 찻길 너머가 공장 지대여서 환경이 썩 좋다고는 할 수 없다. 이따금 소음과 먼지 때문에 내가 인상을 쓸라치면 아버지가 말한다.

"야, 그래도 옛날 지하 살 때보다는 지금이 백배 조타."

아버지 말대로 당분간 '형편이 필 때까지'는 지하방보다 백배는 좋다고 여기며 살 수밖에 없을 것이다. 환경이 아무리 안 좋아도 사람이 마음먹기 달렸다, 고 한 엄마 말을 믿는 수밖에. 지하방보다는 '백배' 나은 다세대주택 2층에서 나는 가난한 사람들이 모여 사는 영구임대아파트에 사는 연주를 생각한다. 연주는 내게 말했다.

"난 니가 집에서 뭘 먹는지, 뭘 하는지, 어떻게 자는지 다 궁금해."

"나라고 안 그러겠냐?"

나는 제법 목소리 톤을 근사하게 부풀려서 대꾸했다.

"정말?"

연주가 눈을 동그랗게 뜨고 나를 빤히 보았다.

"정말이잖고."

"넌 정말 어른스러워."

진희는 똑같은 말을 해도 '꼰대' 같다고 하는데 연주는 '어른스럽다'고 한다. 내 마음에서 연주한테 잘해줘야겠다는 생각이 용솟음쳤다.

"연주야, 조금만 기다려. 내가 너 생일 선물로 폭신한 코트 한 벌 사줄게."

아아, 내가 드디어 사고를 치고 마는구나! 그러나 이미 엎질러진 물.

"정말?"

연주는 이번에도 동그란 눈, 동그란 입으로 묻는다.

"당근이지."

"근데 내 생일 언젠지 알아?"

"언제야?"

아, 제발 여름이기를. 그러나,

"일주일 뒤가 내 생일이야."

아, 발등에 불이 떨어졌구나!

바로 그 순간이었다.

"떽, 머리꼭지에 피도 안 마른 것들이 연애질은, 자식들이. 카아악."

술 취한 노인이 지나가며 야단을 친다. 열 받지만 할 수 없다. 연주 앞이지 않은가. 진희하고 있을 때라면 나는 틀림없이, 뭔데요? 정도는 했을 것이다. 그러면 대부분의 '꼰대'들은 슬금슬금 뒤꽁무니를 빼며 저쪽 밝은 쪽으로 총총 멀어지는 것이다. 연주가 먼저 일어섰다.

"가자."

"그래, 가자."

연주에게는 확실히, 사람을 착하게 하는 힘이 있는 것 같다. 그것은 연주가 착하기 때문이다. 재섭써, 소리 같은 건 아예 할 줄도 모르는 착한 연주에게 내 무엇을 못 해주리. 걸레를 든 손에 절로 주먹이 쥐어졌다.

손에 힘을 주고 거리로 나왔으나, 다가오는 일주일 뒤 연주에게 줄 코트를 살 수 있는 돈을 벌 만한 곳은 쉽게 구해지지 않았다. '알바 구함' 쪽지를 보고 들어간 햄버거 가게에서는 문전 박대를 당했다.

"아이고 학생, 그 얼굴에 분화구나 좀 정리하고 오지그래."

햄버거 가게는 연주만큼 예쁜 아이 아니면 적어도 여드름 없는 얼굴 정도는 되어야 하나 보다. 고등학교 들어오면 좀 나아지려나 기대했던 여드름은 갈수록 기승을 부리며 피어났다. 그 여드름이 이런 식으로 내 인생의 장애물이 될 줄은 몰랐다. 돈 벌면 맨 먼저 연주 코트부터 사고 여드름 약도 사고, 엄마에게는 핸드크림, 아버지한테는 귀마개 달린 모자, 누나한테는……. 머릿속으로 돈 생기면 구입할 품목들을 헤아리며 내가 찾아간 곳은 용우가 일하고 있는 편의점이었다. 헤어진 진희는 용우 사촌이다. 용우는 제 사촌 진희를 내게 소개해주며, 소개비 조로 내게서 오천 원가량의 '뻥'을 뜯었다. 그런 것, 저런 것을 생각하면 나는 정말이지 용우를 찾고 싶지 않았다. 그러나 지금 내게는 용우의 도움이 절실하게 필요하다. 용우야말로 우리들 사이에서는 '생활정보인'으로 통했다. '알바 창구'로 공인된 용우를 찾아가면 어떤 자리든 소개를 받을 수 있을 것이었다. 학기 중에도 일을 하니 방학인 지금 당연히 용우는 일을 하고 있을 것이다.

"어이, 민쑤우."

어색함을 무마해보려고 오버하는 용우를 보며 나도 어색하게 웃었다. 용우는 어울리지 않게시리 제 '삶의 현장'에서 아는 사람을 만나면 부끄러워하는 면모가 있었다. 세파에 시달리긴 했지만 용우도 알고 보면 순진한 놈임에는 틀림없었다.

나는 용우와 악수 대신 하이파이브를 한 뒤 캔커피 두 개를 따서 한 개를 용우한테 건넸다.

"진희하고는 잘돼가냐?"

용우가 물었다.

"야, 걔하고 헤어진 게 언젠데."

“왜?”

“걘 내 생일 때 선물해줬는데 난 안 해줬거든. 아니, 못 해줬지. 내가 재수 없다고 하더라.”

“우리 집안 사람들이 물질을 좀 따지는 편이지. 마음이 어떠냐?”

“힘들었는데 지금은 괜찮아. 김연주라는 애를 사귀게 됐거든.”

나는 용우에게 솔직하게 말하지 않을 수 없었다.

“그래? 마침 잘됐다. 나는 방학 동안 맘잡고 공부 좀 해야겠다. 여기서 니가 일해라.”

하루 정도 용우한테 인수인계에 따른 지도를 받았다. 나는 돈벌이에 대한 기대감에 꽉 차서 말했다.

“주간에도 일하고 야간에도 일해도 되지?”

“몸 생각은 안 하냐?”

역시 용우는 말하는 품이 ‘알바 업계’의 지존다웠다.

“난 사실 일주일 뒤에 돈이 필요한데.”

“가불 땡겨.”

편의점에서의 아르바이트가 시작되었다.

주야간을 함께 하면 돈을 더 벌 수 있겠으나 용우 말대로 몸 생각도 할 겸 ‘독서실 알리바이’를 위해 주간에만 하기로 했다.

“요새 공부에 재미 좀 붙였냐?”

아침에 서둘러서 집을 나가는 참인데 엄마가 뒤에서 물었다.

“예? 예 뭐 그럭저럭.”

"그래도 너무 무리하진 말어."

엄마가 <u>흐흐흐</u>, 흐뭇하게 웃는 것 같았다. 주경야독의 길이 이렇게 힘들 줄 몰랐다. 사실을 말하자면 주경야독은 아니다. 원래는 주경야독을 하려고 했다. 낮에는 편의점에서 일하고 밤에는 독서실에서 공부하자고 마음먹었는데 독서실에서 한 시간을 버티기가 어려웠다. 그래도 편의점에서 막바로 집에 가는 것보다는 독서실을 경유하여 집에 가는 것이 마음 편했다. 나는 어쨌든 독서실을 다녀온 것이 되니까.

돈만 아는 짠돌이라 여겼던 용우가 새삼스레 위대해 보였다. 어디 용우뿐인가. 연주도 있다. 그들을 보면서 나는 왜 한 번이라도 나도 돈을 벌어야겠다는 생각을 하지 않았던 것일까. 아르바이트 한번 할 생각도 하지 않고 보내버린 시간들이 무지하게 아깝다는 생각이 들었다. 지난 세월을 내가 잘못 산 것만 같았다.

"<u>스스로 돈을 벌어봐야, 돈 아까운지도 알지.</u>"

"돈 벌기가 쉬운 일이 아닌 줄 알면 돈 함부로 못 쓴다."

"어렵게 번 돈은 어렵게 쓰고 쉽게 번 돈은 쉽게 쓴다."

예전에 엄마, 아버지가 한 번씩은 했던 말들이다. 왜 나는 그때 그 말들을 대충 한 귀로 듣고 한 귀로 흘려버리곤 했던가. 내 철없음에 왈칵 눈물이 쏟아질 것만 같았다.

사장님이 물었다.

"학생은 아르바이트가 첨인가?"

“예.”

“어쩐지, 용우 같지 않다 했지.”

사장님의 말이 일을 잘한다는 것인지, 잘 못한다는 것인지 알 수 없었다. 그러나 그만두라는 소리를 안 한 걸 보니 잘 못하지는 않은 모양이었다.

밤 근무자와 교대하고 바깥으로 나오다가 깜짝 놀랐다. 아버지의 행상 트럭이 편의점 앞을 휙 스쳐 지나갔기 때문이다. 아버지 차는 유독 덜컹거려서 차라기보다 무슨 철제 깡통 같은 느낌을 주었다. 아버지는 편의점 앞을 지나 신호등 앞에 멈춰 있었다. 일을 끝내고 이제 집에 들어가는 모양이었다. 낡은 차 꽁무니를 바라보고 있자니 왼쪽 갈비뼈 밑에서 찌잉 찌잉, 두 번 버저가 울렸다. ‘가슴에서 버저가 울린다.’고 하면 굳이 가슴이 아프다고 하지 않아도 되어서 편리하다. 돈을 벌어서 아버지 차를 새 차로 바꿔주면 좋을 텐데, 찌잉 찌잉. 나는 연속해서 울리는 버저를 가까스로 잠재우고 연주를 만나러 가기 위해 아버지와는 반대 방향으로 쏜살같이 달려갔다. ‘버저 울리던 마음’이 설렘으로 순식간에 바뀌었다.

“난 가끔 꿈을 꿔.”

“꿈 안 꾸는 사람이 어딨냐?”

“아니, 그런 꿈 말고. 상상하는 거 말야.”

우리는 여전히 바람 부는 길을 걸었다.

"우리 오늘은 라면 먹지 말고 햄버거 먹자. 팔다 남은 거라고 주
더라."

우리는 내가 일하는 편의점과 같은 이름의 편의점에서 따뜻한
캔커피를 사서 공원으로 들어가 햄버거를 먹었다. 여자애를 사귄
다는 건 정말 좋은 것이었다. 어떤 대화를 나누어도 알 수 없는 즐
거움이 물밀듯이 밀려왔다. 똑같은 대화를 남자애들끼리 나눈다
면, 그저 입만 아플지도 모른다.

"상상력이 욜리 좋은가 보다. 우리 담탱이가 그러는데 말이야, 미
래는 상상력 좋은 사람들의 세상이 된다더라고."

"알아? 상상력도 요샌 돈이라는 거. 창이 큰 집에서 사는 아이는
꿈도 크게 꿈니다……. 꿈 크게 꾸려면 일단 창 큰 집으로 이사부터
가야 해. 그지?"

"와아, 진짜네. 야아, 그거 진짜, 재수 없다, 야아……."

나는 왜 진작 그 생각을 못 했지? 그때야, 또 다른 아파트 광고가
생각났다. 당신이 사는 곳이 당신을 말해줍니단가? 당신이 사는 곳
이 당신이 어떤 사람인가를 말해줍니단가? 하여간 재수 없기는 마
찬가지인 광고 문구 말이다. 우리는 우리 사회 양극화에 관한 대화
를 나누었다. 아버지가 이따금 텔레비전을 보며 했던 말을 떠올렸
다. 아버지가 했던 말을 내 말인 것처럼 해서 나는 얼른 말했다.

"세상이 갈수록 잘사는 사람은 더 잘살게 되고 못사는 사람은 더
못살게 되는 게 문제야."

"너희 집은 어떤지 모르지만, 우리 집은 아빠가 작년과 올해 똑같이 일해서 똑같이 버는데도 작년보다 더 살기 힘들대. 그게 문제야."

"너희 아빤 뭐하시는 분이야?"

"바 타서."

"바?"

"응, 왜 건물 높다란 데 올려다보면 가끔 밧줄 몸에 감고 간판 작업하는 사람들 있잖아. 그런 일 하서."

아, 나는 그런 사람들을 보면서도 왜 그런 직업에 대해서는 한 번도 생각해보지 못했을까. 새삼스럽게 연주네 아버지가 위대하게 느껴졌다.

"너희 아빤 뭐하셔?"

"울 아부지는, 음, 그냥 상업이지 뭐."

하기야 행상도 상업은 상업이다. 내 얼굴이 나도 모르게 붉어져 왔다. 아버지 직업이 부끄러운 건지, 아버지 직업을 제대로 말하지 못하는 내가 부끄러운 건지 알 수 없었다.

우리는 추위 때문에 더는 대화를 나누기가 불가능해질 때까지 대화를 나누다가 헤어졌다. 연주에게 따뜻한 코트를 사주고 싶다는 생각이 다시 한 번 용솟음쳤다. 집골목을 들어서는데 골목 어둠 속에서 남녀가 금방이라도 포옹을 할 것처럼 마주 보고 있었다. 나는 못 본 척 다세대주택 현관문을 열었다. 나도 그 정도 매너는 있다. 현관의 철제문이 삐걱 열리는 소리에 남녀가 놀라 그제야, 안녕 인사를 하는데 보니 여자는 다름 아닌 누나였다. 나는 얼른 2층으로 올라가 버렸다. 누나가 씩씩대면서 들어오기에 괜히 민망하니까 자기가 먼저 성을 내는 것으로 알았다. 그런데,

"너 똑바로 말해. 독서실 안 가고 어디 갔는데?"

누나가 독서실로 나를 찾아왔는데 내가 없어서 어디 갔느냐고 물었더니 요새 아르바이트하고 있다는 말을 누군가한테 들은 모양이었다. 그 누군가는 틀림없이 용우였을 것이다. 누나는 장례식장 일이 너무 힘들어 다른 일을 찾아보기 위해 독서실 근방까지 왔고 온 김에 독서실엘 들른 것이다.

"편의점!"

나는 꽥 악을 썼다. 그새 밥을 푸던 누나가 흠칫 놀랐다.

"내 등록금 땜에?"

"그래!"

입속에 밥이 가득해서였을 것이다. 그래서 긴말하기가 귀찮아, 얼른 대꾸한다는 게 그만 실언을 한 것이 틀림없다. 그러나 내 말은 누나에 의해 이미 기정사실화되고 있었다.

"야아, 고맙다 야. 난 니가 언제나 철들까 했는데. 야, 근데 요새 너 여자애 사귄다는 말도 있더라?"

아니 도대체 이 용우라는 자식은 누나한테 뭘 얻어 처먹은 거야? 슬슬 부아가 치밀어 오르기 시작했다.

“남이사.”

“이상하게 사귀는 건 아니지?”

나는 밥숟가락을 탁 놓았다.

“내가 뭐 누나 같은 줄 알아?”

“내가 뭘?”

“누나의 사생활이라 내가 말 안 하려고 했는데.”

“너하고 나하고 같냐? 넌 이제 겨우 고1, 난 대학생.”

“난 차원이 다르거든. 우린 추위를 무릅쓰고 대화를 나눠. 무슨 대화냐, 사회 양극화에 관한 것이지. 누나는 알아? 상상력에도 돈 이 필요하다는 거. 누나가 뭘 알아? 어둠 속에서 겨우……. 우린 안 그래. 우린 라면 먹고 걷고 햄버거 먹고 대화해. 추위를 무릅쓰고서 말야. 캔커피 온기가 식을까 봐 손으로 감싸 쥐고 우리는 어른들 야 단맞아가며 공원 벤치에서……. 에이 씨.”

거기까지 말했는데 나를 물끄러미 바라보던 누나 눈가가 붉어지 고 있었다. 내가 너무 말을 잘해서 감동을 먹어서인지도 모른다.

“나도 고딩 땐 그랬는데.”

아직 고등학교 졸업도 안 해놓고 ‘고딩 때’란다. 그러고 보니 누 나는 이즈음, 일이 힘들어서인지 한꺼번에 나이를 먹어버린 사람 처럼도 보였다. 눈 밑도 푹 꺼진 것이 다른 일거리를 찾을 것이 아 니라 아예 쉬어야 할 것 같았다. 갈비뼈 밑에서 찌잉, 버저가 한 번 울렸다.

연주는 생일에도 일했다. 나는 가불을 땡겼다. 나는 이제 돈 때문에라도 꼼짝없이 편의점에 매인 몸이 되었다. 부담감이 엄습했지만, 모든 세상 일이 그렇다는 것을 나는 알고 있었다.

아버지가 밥을 먹다가 불쑥 말했다.

"세상에 좋은 것이 있으면 나쁜 것이 있고 나쁜 것이 있으면 좋은 것이 있는 법이다."

우리는 모두 아버지를 바라보았다.

"좋은 것만 있고 나쁜 것만 있는 것은 아니라는 뜻이야."

그런 말을 하는 저간의 속사정은 알 수 없었다. 알든 모르든 상관없는 일이기도 했다.

엄마가 말했다.

"아버지 말씀 새겨들어라. 나중에 너희들 살아가는 데 다 피가 되고 살이 될 것이다."

엄마 말대로 새겨듣지는 않았던 것 같은데 편의점 문을 나서다가 문득 아버지의 그 말씀이 떠올랐고 그때서야 그 말씀의 뜻을 알 것도 같았다. 그러니까, 아버지의 말씀을 이 경우에 대입하면, 편의점에 매이는 부담감이라는 나쁜 것이 있으면 연주에게 선물할 수 있는 좋은 것이 있다, 뭐 그 정도가 될 것이다.

나는 햄버거 가게 앞에서 연주를 기다렸다. 아버지의 말씀 중에서 좋은 것에 속하는 것이 틀림없는 '연주에게 줄 선물'을 생각하

면서. 늘 그랬던 것처럼 연주는 까치발을 들고 내가 서 있는 곳을
한 번씩 확인하곤 했다. 그럴 때마다 또 나는 늘 그랬던 것처럼 손
가락으로 브이 자를 그려 보인다거나, 어깨를 으쓱해 보인다거나
아니면 그냥 딴 곳을 쳐다봐 버리곤 했다. 그러나 다른 날과 달리
오늘은 그리 지루하지도 않았다. 일을 끝내고 나오는 연주는 또 늘
그랬던 것처럼

"왜, 들어오잖구선."

했다.

"내가 들어가면 니가 일을 못 하잖아."

"신경 안 쓰면 되지."

"그게 맘대로 되냐?"

"하긴."

여느 날과 다름없는 대화였다. 그렇지만, 이제 나는 오랜 세월이
지나도 이 단순한 몇 마디의 대화를 잊지 못할 것 같은 예감이 들었
다. 우리가 하루에 한 번씩 이 대화를 나누고 산 지 한 달째였다. 우
리 만남의 공식 오프닝 멘트라고나 할까. 그 아무렇지 않은 대화는
이제 우리 둘만의 은어가 된 것만 같았다. 그러나 오늘은 다른 날과
달랐다. 오늘 우린 라면집도 아니고 공원도 아닌 옷 가게로 가야
했다.

"내가 사 올 수도 있었는데, 니 취향을 몰라서 못 샀어."

"난 빨간색 반코트 스타일 좋아해."

내 가슴이 뛰었다. 아, 연주가 빨간색 반코트를 좋아한다는 사실을 알게 된 것이 이렇게 내 마음을 설레게 하다니. 우리는 찻길을 건너 옷 가게가 밀집해 있는 상가로 갔다. 드디어 코트 가게 앞에 섰다. 가게 안쪽에 빨간색도 진열되어 있었다.

"빨간색 있다."

연주는 가게 문 앞에서 멈칫거렸다.

"이제 됐어."

"옷 안 사?"

이제 곧 연주가 입게 될 빨간색 코트 생각에 내 뺨이 다 빨갛게 달아오르는 참이었다.

"넌 이미 나한테 옷 사준 거나 마찬가지야."

"아직 옷 안 샀잖아."

"그 마음이면 됐어."

순간, 분한 마음이 엄습했다.

"야, 내가 니 옷 사주려고 편의점에서 가불 땡겨가지고 왔단 말야!"

"그러니까 더 못 쓰지. 그 돈 엄마 아빠한테 갖다 드려라 야. 너희 집도 우리 집 못지않게 힘든 것 같던데 니가 이렇게 함부로 돈을 쓰면 되겠냐? 사람이 양심이 있지."

연주와 내가 그렇게 옷 가게 앞에서 한참 옥신각신하는데, 저 앞쪽에서 낯익은 트럭이 다가오고 있었다. 아, 아버지의 행상 트럭이었다. 어디로 몸을 숨기려야 숨길 수도 없었다. 나는 그 순간, 어떻게 해야 할지 알 수 없는 채로 오래 눈에 익은 그 철제 깡통이 다가오는 것을 바라보았다.

"아들아, 여기서 뭐하냐?"

아버지가, 반갑게 얼굴을 내밀었다.

"도, 독서실에 가려구요."

"그래? 우리 아들 밥은 먹었냐?"

"예? 예!"

아버지가 주섬주섬 호주머니를 뒤지더니 구겨진 천 원짜리 지폐 몇 장을 꺼냈다.

"우유 같은 것도 사 먹어가면서 공부해라 이?"

꾸깃꾸깃한 지폐의 감촉이 꼭 아버지의 손같이 꺼칠했다. 아버지의 철제 깡통이 상가 골목 언덕을 내려갔다.

"우리 라면 먹으러 가자."

연주가 라면집을 향하여 앞장섰다. 나무젓가락 포장지를 뜯는데 문득 왼쪽 갈비뼈 밑에서 버저 울리는 소리가 났다. 연주가 단무지를 와사삭 씹으며 물었다.

"왜 그래?"

"방금 왼쪽 갈비뼈 밑에서 찌잉 찌잉 버저가 울었거든."

"넌 멋있어."

"라면 먹어서?"

“다아.”

드디어 라면이 나왔다. 우리는 라면을 맹렬하게 먹기 시작했다. 라면은 역시 추울 때 먹어야 제맛이다. 그리고 갈비뼈 밑에서 찌잉 찌잉, 버저 울리는 소리가 나는 저녁의 라면은…… 멋있다.

힘센 봉숭아

겨울방학이 끝나갈 무렵, 연주가 헤어지자고 했다. 나는 깜짝 놀랐다.

"우리 대학 가서 만나."

말하자면 대학 가서 사귀자는 말이다. 연주는 나 때문에 공부에 지장이 생긴다고 했다. 나는 그 반대인데 말이다. 그러나 자기 입장만 생각해서는 안 된다는 것쯤은 나도 아는 사람이다. 나는 통 크게 그러자고 했다. 그러나, 나는 맘을 못 잡고 방황을 했다. 방황의 와중에 연주와 자주 갔던 라면집에 들렀다. 그날따라 라면집 창문에 알바를 구한다는 공지가 붙어 있었다.

'이참에 몸이라도 쎄게 굴려버려?'

연주를 잊기 위한 방법으로 알바를 하는 것도 괜찮을 것 같았다. 사실, 우리 집 경제 상황도 내가 아무렇지 않게 용돈을 야금야금 받아 써도 될 만큼 한가한 건 아니지 않은가. 편의점에서의 경험도 있겠다, 영 초짜도 아니므로 나는 용기를 내기로 했다. 나는 자칭 알바 업계의 지존인 용우에게 다시 알바를 시작해야겠다고 말했다.

"알바 업계라는 데가 말이야, 마약과 같아. 왜냐, 한번 발 들여놓으면 끊기가 어렵거든."

용우 말이 맞긴 맞다. 편의점에서부터 시작한 알바 생활이라면 집으로 다시 시작되어, 그 옆 순대집, 순대집에서 알게 된 가출한 효영이가 소개해준 출장 뷔페, 출장 뷔페에서 출장 가서 알게 된 시청 축제에서 깃발 들기 등등을 거쳐 현재는 집에서 가까운 '아줌마 떡볶이'집에 이르렀으니까. 이제 연주는 잊었다. 그 부분은 역시 몸을 쎄게 굴린 보람이 있었다. 그러나, 알바 생활을 그만두지 못할 변수는 언제나 존재하는 법. 그러니 그 변수는 변수가 아니라 상수였던 것이다. 내가 욕만 얻어먹는 알바 생활을 끊자 끊자 하는데도 못 끊는 것은 그러니까, 우리 집 경제 사정도 사정이지만 용우가 예언한 대로 알바 업계의 중독성 때문이다. 더구나 우리 아버지가 하신 말씀이 있다. 내 나이 때는 학교에서만 하는 게 공부가 아니라 세상 온갖 경험이 다 공부라고 말이다. 예를 들면 이렇다. 아이들이 야자를 할 때 나는 알바를 나간다. 그럴 때 아이들은 공부를 학교에서 하는 것이고 알바를 나간 나는 공부를 삶의 현장에서 하게 되는 것이다. 차이가 있다면 학교에서 공부하는 학생은 어른들로부터 칭찬을 듣지만 학교 밖에서 공부하는 학생은 어른들한테 온갖 수모를 당한다는 것이다. 학생이 돈 이만 원을 쓸 때는 친절하다. 그러나 그 학생이 이만 원을 벌 때는 그런 친절한 대우를 받기가 어렵다. 하기사 우리 부모님만 봐도 어른들의 세계에서도 돈 벌기는 그리 쉬운 일이 아니겠지만, 우리 나이 때는 단지 어른이 아니라는 이유까지 보태져서 더 힘들다. 나는 예전에는 피곤하다고 하면 몸이 피곤한 것만 있는 줄 알았지, 마음이 피곤하다는 것이 어떤 상태인지 몰랐다. 그러나 이제 확실히 알 것 같다. 몸 피곤한 것이 마음 피곤한 것보다 백배 편하다는 것을.

라면집에서의 일이다. 평소에 손님으로 자주 갔던 라면집이라서 알바생으로 신분이 바뀐 뒤에도 아줌마가 친절하게 잘해줬는데 라면집을 그만둔 것은 순전히 손님 때문이었다. 어떤 아저씨가 그러는 거다.

"야, 이노무 자석아, 학생이 하라는 공부는 안 하고 라면집에서 빌빌거리냐?"

"일하는 것도 공부죠."

나는 나도 모르게 입이 뚱 나오려는 것을 억지로 밀어 넣으며 말했다.

"어쭈."

내가 갖다 준 라면을 열심히 먹으면서 눈은 나를 째려본다.

"솔직히 말해봐, 너 여기 뭣하러 나왔냐?"

아니, 당연한 걸 왜 물으시나.

"당근 돈 벌러 나왔죠."

"돈? 너는 부모가 없냐?"

"있어요."

"느그 부모는 너 여기서 이러는 거 아냐?"

"그건 모르죠."

"니가 모른다는 것이냐, 니 부모가 모른다는 것이냐."

서서히 열이 뻗쳐올랐다. 아니, 열은 진작에 올라서 내 머리 위에서는 이미 김이 모락모락 나고 있다는 것을 뺀질이 아저씨만 모르는 것 같았다.

"그걸 내가 왜 아저씨한테 말해줘야 하는데요?"

"허, 이 자식, 어른한테 눈 치켜뜨는 것 좀 보게. 아줌마, 이런 아이들 고용하면 아줌마 벌 받는 거 몰라?"

다행히 아줌마는 손님의 말이라고 무조건 다 받아주지는 않았다.

"벌을 받아도 내가 받을 테니 상관 말고 다 드셨으면 빨리 가세요."

"허어, 이 아줌마, 세상 물정 모르네. 제 부모 몰래 이런 아이들 일시키면 처벌받는다는 법이 있어요, 이 아줌마야!"

"처벌을 받아도 내가 받을 테니까, 가시란 말이에욧!"

나는 나중에 용우에게 부모 동의 없이 미성년자를 고용하면 업주가 처벌받는다는 법이 있냐고 물었다. 용우 말이 그런 법이 있긴 있지만, 유명무실하다고 했다. 나는 그래도 착한 라면집 아줌마가 만에 하나라도 나 때문에 곤경에 빠지는 걸 원치 않아서 라면집을 스스로 그만두었다. 그때는 부모 동의서 따위 거짓으로 만들 줄도 모를 만큼 나는 아직 순진했던 것이다.

그리고 이제 나는 더 이상 순진하지 않은지도 모른다. 지난겨울 편의점에서 알바를 할 때 간식으로 나온 유통기한 지난 삼각김밥을 받고서도 아무 말 못했던 이민수가 아니다.

애초에 이 집, '아줌마 떡볶이' 집의 아줌마가 나를 알바로 고용한 건, 아줌마한테 여학생 기피증이 있었기 때문이다. 아줌마가 여자애도 써보고 남자애도 써봤는데 남자애들이 기운도 좋고 일도 훨씬 잘한다는 것이다. 아줌마는 여학생 둘 쓸 것이 남학생 하나로도 충분하다고, 더구나 내가 라면집, 순대집에서도 일한 경력이 있어서 나를 채용하는 거라고 말했다. 아줌마는 나를 채용할 때 석 달만 일하면 시급을 삼천 원에서 삼천오백 원으로 올려준다고 약속했다. 그러나 석 달이 아니라 넉 달이 지난 지금도 아줌마는 약속을 지키지 않고 있다. 물론 '아줌마 떡볶이' 집의 주인아줌마가 사정이 안 좋다는 것은 나도 안다. 아줌마는 애초에 옆집인 '그냥갈순없자나' 집을 모방할 것이 아니었다. 아무리 '그냥갈순없자나' 집이 카페형으로 개조를 했다 해도 아줌마 집은 이름 그대로 아줌마 색깔로 승부를 했어야 옳았다. 떡볶이를 누가 맛으로 먹지 분위기

보고 먹는가 말이다. 아줌마는 '아줌마 떡볶이' 집을 무슨 '아가씨 떡볶이' 집처럼 만들어놓고는 개조 비용으로 얻어 쓴 일수를 찍느라 정작 내 알바비를 못 주고 있다.

"아이, 아가, 세상에 내가 니 코 묻은 돈을 다 떼먹겠냐?"

나도 한숨을 내쉬었다.

"요 쥐알만 한 것이 어른 앞에서 한숨을 다 쉬네."

"왜요? 난 뭐 숨도 못 쉬나요?"

"얘야, 너 아니어도 머리에 쥐 날라 한다. 사람 그만 좀 볶아라. 낼 주께, 낼."

낼 준다고 한 지가 벌써 일주일째다. 그렇지만 오늘은 도저히 참을 수가 없다. 인내력에도 한계가 있지, 날 어리다고 무시하는 아줌마가 얄미워 그만 가게를 뛰쳐나오고 말았다. 주방에서 일하는 주인아줌마의 사촌 언니라는 아줌마가 뗵끼, 라고 하든 말든 나는 가게 앞 화분을 냅다 차버렸다. 지난봄 아줌마가 거름발 좋은 흙에다 모종을 한 봉숭아는 화초가 아니라 마치 나무처럼 줄기가 굵고 튼실했다. 아무리 거친 비바람이 몰아친대도 '아줌마 떡볶이' 집 앞 봉숭아 나무는 끄떡없을 것 같았는데 내 발길질 한 번에 박살이 났다. 생각 같아서는 아줌마가 애지중지 기르고 있는 가게 앞 모든 화초들을 싸그리 뽑아서 내동댕이쳐버리고 싶었다. 그러나, 차마 그렇게까지 할 수 없는 것은 그래도 아줌마와 어느 정도 정도 들고 아줌마가 꽃을 기르는 것이 엄마와 비슷했기 때문이었다. 엄마는 손바닥만 한 베란다에다 스티로폼 상자에 흙을 채우고 고추와 상추와 봉숭아와 채송화를 길렀다. 방에서 곧장 이어지는 다세대주택 베란다는 우리 집 세탁실이자, 창고 겸 옷방이기도 했다. 세탁기와 안 쓰는 물건들과 옷이 걸린 행거가 가득 찬 한 귀퉁이에서 엄마의 식물들은 기를 쓰고 자라서 일에 지쳐 돌아오는 엄마를 위로해줬다. 아버지나 내가 사람 살기도 좁아터진 집구석에 거추장스러운 것들을 뭐하게 기르느냐 하면 엄마는, 요새 먹고사는 게 힘들어 엄마 심성이 갈수록 황폐해지기 일보 직전이라 그런다고 했다. 식물 기르는 사람치고 나쁜 사람 없다더라, 고 하면서. 물론 아버지는, 엄마의 '황폐'라는 단어가 쑥스러워 헛기침만 몇 번 하고 더 이상 아무 말도 하지 않았다. 떡볶이집 아줌마도 어쩌면 마음이 황폐해지는 것이 겁나서 식물을 길렀는지도 모른다. 그렇지만, 아줌마는 엄마와 달리 식물을 길러도 마음이 이미 황폐한 사람이 되어버렸는지도 모른다. 세상에, 나 같은 알바생 돈을 다 안 주려고 용을 쓰다니 말이다. 역시 돈 앞에서는 착한 사람, 나쁜 사람이 없다는 말이 맞긴 맞나 보다. 편의점 아저씨도 돈 앞에서는 냉혹했다. 계산이 안 맞는다고 그렇게 성실히 일했던 내 월급 절반을 뗐다. 알바를 하다 보면 세상이 보인다고 했던 용우 말이 맞다. 용우는 말했다.

"세상 사람들은 사람보다 돈을 더 귀하게 여기더라."

"야, 어떻게 사람보다 돈이 더 귀하냐. 사람 나고 돈 났지, 돈 나고 사람 났냐?"

나는 일부러 아버지가 했던 말을 써먹어 가며 용우의 말을 부정했다.

"알바 한 세 곳만 뛰어봐라. 어리다고 사람 취급이나 하는 줄 아냐?"

"어리면 사람 아니래?"

"너는 세 곳까지 갈 것도 없겠다. 두 곳만 뛰어봐라."

용우 말대로 편의점과 라면집, 단 두 곳으로도 '어리다고 사람 취급 안 하는' 세상인심을 내가 알게 될 줄이야! 나는 박살이 난 봉숭아 화분을 다시 한 번 걷어차다 그만 내가 나둥그러졌다. 내 비명 소리에 밖을 내다보던 아줌마가 악을 쓰며 뛰어나오는데 손에 칼을 들고 있었다. 물론 파나 당근을 썰던 칼이었겠지만 그래도 칼은 칼인지라 와락 겁이 났다. 나는 뒤도 안 돌아보고 줄행랑을 쳤다. 줄행랑을 치면서도 진짜 잘못을 한 사람은 내가 아닌데 왜 내가 도망을 치고 있나 싶어 화가 머리끝까지 치솟는 것을 간신히 눌러 참았다. 씩씩대고 집에 가면 왜 씩씩대고 들어오느냐, 하는 물음이 올 것이고 그러면 나는 또 뭐라고 대답을 해야 할지 골치 아플 것 같았기 때문이다. 아버지는 내가 알바를 하고 있다는 사실을 모른다.

"아버지. 저 왔어요."

"오늘은 어쩐 일로 빨리 오냐?"

"그냥 그렇게 됐네요."

"자식 싱겁기는."

"아버지, 배고프세요?"

"아니, 니 누나가 사다 논 빵 한 조각 먹었다."

"밥을 드셔야지 빵 드시면 안 된다니까 그러시네, 아버지두 차암."

내 아줌마 같은 말투에 아버지가 헤벌쭉 웃고 있었다. 아, 라면집, 순대집, 떡볶이집을 전전하는 동안 이 천하의 이민수도 아줌마가 다 되었다. 나는 서둘러 쌀을 씻었다. 아버지는 비가 많이 오던 지난 일요일, 비가 와서 장사를 못 나가고 집에서 술을 드셨다. 엄마는 '소문난 갈비' 집에서 일하다 손가락을 다쳐 며칠 쉬고 있던 참이었다. 엄마가 비도 오겠다, 파전을 부쳐 아버지 앞에 놓아주니 아버지는 술 생각이 나지 않을 수가 없었던 모양이었다.

"어이, 혼자서 따라 먹을라니 영 거시기허네. 자네도 와서 한잔 하소."

아버지는 술이 한잔 들어가자 기분이 좋았는지, 완연한 아버지 고향 말로 엄마를 꾀었다. 처음에는 한사코 사양하던 엄마는 못 이기는 척 아버지 술잔을 받았다. 말하자면 오랜만에 두 양반이 오붓한 시간을 가지는 셈이었다. 그러나 우리 인생에서, 특히 없는 사람들 인생에서 그 오붓한 시간이란 것은 또 그 얼마나 아슬아슬한 것이냐. 내가 보기에도 처음에는 두 사람이 서로의 입에다 파전을 넣어주며 그야말로 좋은 맘으로 시작한 술자리였다. 평소에 그다지 사이가 좋다고 볼 수는 없지만 그렇다고 나쁘다고도 할 수 없는 두

사람은 그러나, 주거니 받거니, 어느 정도 술이 올라서였던지, 서로
에 대해 과도하게 칭찬을 하다가도 과도하게 섭섭한 감정을 내비
치던 것이었다. 내 마음은 점점 불안해졌다. 맨정신으로는 절대 하
지 않을 좋은 소리는 아버지가 먼저 했다.

"어이, 내가 술을 먹어서 하는 말이긴 하지만, 자네같이 이쁜 여
자는 세상에 없을 것이네."

그 말이 문제였다.

"왜, 술 안 먹으면 밉고?"

"어허, 사람 말에 꼭 토를 다는가. 자네는 다 이쁜데 사람 말끝에
토 다는 것이 문제여."

"당신은 내가 무슨 말만 하면 토 단다고 하는데, 그거는 토가 아
니라 그냥 하는 말이지이."

엄마가 만만치 않게 나온 것은 틀림없이 술기운 때문이었을 것
이다. 나도 술을 먹어봐서 안다. 연주와 헤어지고 내가 하도 괴로워
하자 용우가 내게 술을 사줬던 것이다. 나는 술을 내가 직접 마셔보
고서야 어른들이 왜 술을 마시는지를 알았다. 술은 맛으로 먹는 것
이 아니고 취하려고 마신다는 것을. 술에 취하면 겁이 없어진다. 말
하자면 어른들은 세상 사는 게 겁나서 술을 마시는 것이다. 어쨌거
나 겁이 없어진 엄마가 토를 단다고 정작 토를 다는 것은 내가 보기
에 아버지였다.

"허어, 봐보소. 지금 방금도 토 다는 것이 아니었는가?"

“내가 봤을 때 민수 아부지, 당신은 다른 건 다 좋아. 근데 술만 마시면, 헛소리를 하는 게 탈이야. 그놈의 헛소리 때문에 우리가 요 꼴로 사는 거고오.”

“허허, 그것이 언제 적 일이여? 아하, 그거어? 내가 그랬지, 사람 나고 돈 났지 돈 나고 사람 났냐고. 나는 그때 돈보다 사람이 더 중했던 거여어. 그거는 지금도 마찬가지고오.”

“사람? 그럼 난은 중하고 식구는 안 중해? 식구들은 사람 아냐?”

“누가 사람이 아니라고 했는가? 단지 그렇다는 것이지. 어이, 자네 좋게 술 묵고 지금 왜 그런가? 뭣이 그렇게 불만이여?”

나는 내가 언제쯤 두 사람 사이로 끼어들어야 하나, 만일의 사태에 대비할 마음의 준비를 해야 할 때가 다가오고 있음을 알았다. 내가 그렇게 긴장의 끈을 단단히 조이려는 찰나, 전혀 예상치 못한 상황이 벌어졌다. 엄마가 울음을 터뜨린 것이다. 엄마의 울음소리는 마치 천둥 번개가 치는 듯 첫 울음부터 거대했다.

“아이고오……. 내가 못 살겠네에, 우리가 왜 지금 이렇게 살아야 하는데에, 다아, 그 잘난 당신 술친구 때문이잖아아, 아이고오, 똥은 누가 쌌는데에……. 아이고오 치우는 건 누가 하냐고오…….”

내 느낌에 엄마의 한탄 섞인 울음은 쉽게 끝날 것 같지 않았다. 아버지도 그렇게 판단한 모양이다.

“에잇, 도대체가 여편네가 저 모냥이니 집구석이 오던 복도 달아나겄따아.”

　그렇게 말하고 아버지는 벌떡 일어나 비가 오는데 우산도 없이 나가 버렸다. 아버지가 나가는 것이 오히려 다행이라고 생각했다. 만약에 내가 중학교 다닐 때의 어느 날처럼 우당탕탕 살림이라도 내던지는 비극적 상황이 펼쳐진다면……. 이제 난 중학생이 아니고 고등학생이다. 중학생 때야 어려서 꼼짝도 못하고 울기만 했지만, 이제 나도 가만있을 수는 없을 것이다. 그러나, 아버진 번개처럼 일어나 문을 박차고 나가 버렸다. 놀랍게도 엄마도 아버지가 사라지자마자 울음을 뚝 그쳤다. 울음은 그러니까 아버지 들으라고 한 엄마의 연기였을까. 여자의 눈물이라! 적어도 여자를 울리는 남자는 되지 않으리라는 결심을 하고 있는데 아버지의 비명 소리가 들렸다. 홧김에 술에 취한 채 계단을 내달렸던 아버지가 그만 계단 밑으로 굴러떨어진 것이다. 하여간, 없는 사람들은 싸움을 하면 손해라는 아버지의 평소 지론이 사실로 확인되는 순간이었다.

　그 사고 이후로 아버지는 장사를 못 나가고 있다. 다른 데도 아니고 하필 얼굴이 깨지고 팔이 부러진 것이다. 얼굴에 피멍이 들고 손을 쓸 수가 없어 아버지는 근 보름째 요양 아닌 요양을 하고 계신다. 그러나, 사고가 나지 않았다 해도 아버지는 길거리 옷장사 일을 접을 생각이었다고 했다. 아버지는 지금 쉬는 김에 무슨 장사를 할 것인가, 장사 아닌 다른 일을 해볼까, 궁리 중이시다. 엄마도 '소문난 갈비' 집을 그만두었다. 불판에 손가락을 된통 다쳤는데도 치료비는커녕 누구 하나 신경 써주는 사람도 없는 그놈의 고깃집은 때

려치우고 회사에 취직을 하겠다며 문방구에서 이력서를 사다 놓고 생활정보지에 난 '직원 구함' 광고의 전화번호를 잔뜩 적어놨다. 내가 한참 밥상을 차리고 있을 때 엄마가 들어왔다.

"아이고, 오늘 드디어 취직을 했다."

취직한 기념을 하고 싶어서였는지 엄마는 삼겹살을 사 왔다.

"어허, 고기 보면 또 술 생각나서 안 되는데."

아버지가 그리 싫지는 않은 표정으로 엄마를 건너다 봤다. 내가 좁은 부엌에서 어정거리자 엄마는 베란다로 나가 엄마가 키우는 상추를 뜯었다. 엄마는 약간 흥분된 상태인 것 같았다. 베란다에 쭈그리고 앉아 생글거리며 말했다.

"내가아, 서류를 들고 쭈뼛거리며 들어갔더니, 회사 사람이 아주 머니, 당당하게, 당당하게 들어오세요, 하잖아."

아버지는 벌써 불판에 고기를 굽고 있었다. 나는 서둘러 밥상을 방으로 들여갔다. 밥상 들여가는 내 자태가 뉘 집 며느리처럼 좀 아름다웠나?

"어이, 며느리가 밥상 들여왔네, 상추 빨리 씻어서 갖고 오소."

아버지가 한마디 하며 껄껄 웃는다. 사실 나 어려서는 우리 집도 식탁이 있었다. 그런데 집이 좁아지고 중간 중간 집안싸움도 몇 번 있고 하는 과정 속에서 식탁은 사라졌고 오늘날, 식탁이 없어 내가 이렇게 고생을 한다. 알바비 받으면 식탁부터 사야 하나. 아, 그런데 그놈의 알바비를 줘야 말이지……

"뭣이라고 중얼중얼거리냐?"

엄마가 상추에 묻은 물기를 탁탁 털어 상 위에 놓으며 묻는다.

"행복하다구요오!"

"아무렴, 식구들끼리 고기 먹으면 행복하지. 이렇게 말이다."

아버지는 상추에 고기를 싸서 엄마 입에 넣어준다. 나는 엄마 아버지가 다정하면 왠지 긴장이 되긴 하지만, 그렇잖아도 부부 싸움의 결과로 다쳤는데 또 무슨 일 있으랴 싶어 모른 체하고 나도 맹렬하게 고기쌈을 쌌다. 마침 누나도 다른 날보다 일찍 들어온다.

"무슨 일이야? 나 몰래 고기 파티 하고?"

"어서 와라."

아버지가 고기를 싸서 누나에게도 내밀었다. 누나는 씻지도 않고 밥상머리에 앉았다. 가끔 싸우기도 하고 전반적으로는 엄마 말대로 '황폐'해지기 일보 직전인 삶을 살아가긴 하지만 우리 식구들은 전통적으로 삼겹살 굽는 날이면 화목했던 것 같다. 「내 사랑 삼겹살」 같은 영화는 왜 안 나오는지 모르겠다. 삼겹살은 얼마나 사랑스러운 고기란 말인가.

"삼겹살은 사랑의 접착제! 부라보!"

"애 뭐라 그러는 거야, 엄마?"

"고기 먹으니까 좋아서 안 그러냐. 민수 말은 무시하고 내 말 좀 들어봐라. 아이고, 그래서 가슴을 당당히 펴고 고개를 반듯이 들고서 서류를 접수시켰지. 아, 그랬는데 서류 접수시키자마자, 오케이

사인이 떨어진 거야."

엄마는 진작 끝났던 이야기를 계속 이어서 할 줄 아는 묘한 재주가 있다.

"오, 오케이가 뭐야, 엄마?"

"합격이지 뭐야."

"오호, 엄마 뭔 시험 봤어?"

"시험은 무신, 회사에 취직했다니까."

"그랬구나. 그럼 이제 엄마도 회사원이네?"

"그렇치이!"

"근데, 무슨 일 하는 회사야?"

"오케이 사인 떨어지자마자 바로 차 타고 회사로 이동했어. 내비게이션 만드는 회사야."

"근데에, 왜 회사로 이동해? 첨부터 회사로 안 갔어?"

"정보지에 나온 전화번호만 보고 갔더니 거기서 서류 받고 바로 공장으로 가던데?"

"그니깐, 엄마가 간 데는 용역회사였구나."

"뭐? 용역?"

"응, 그니깐 엄만 내비게이션 만드는 그 회사에 취직한 게 아니고 용역회사가 엄마를 고용한 거야. 엄만, 그니깐 용역회사에서 내비게이션 회사로 파견한 파견사원인 거지."

"뭐가 그리 복잡해? 내가 일하는 곳이 내 회사지, 뭐 용역이 어찌고 파견이 어쩐다구?"

"하여간 그렇다구. 하여간 노동자한텐 진짜 재수 없는 구존 거야,
고게."

누나는 정말로 재수 없다는 표정으로 그동안 맛있게 먹던 삼겹
살을 껌처럼 질겅거리는 시늉을 했다.

"야아, 우리 딸 대학 들어가더니, 그래도 대학생 된 보람이 있구
나."

아버지는 누나가 똑똑한 소리 하는 것이 기분 좋은가 보았다.

"하기사, 뭔가 좀 이상하다 하긴 했지. 회사 정문에서 웬 여자들
이 잔뜩 데모를 하고 있더라고. 정규직으로 직접 고용하라, 뭐라고
하면서. 오늘 기분 냇답시고 고깃값만 축낸 거 아녀?"

엄마는 그새 또 고깃값 타령이다.

"취직은 취직이지, 취직 기념으로 고기 먹었고 식구들 배불렀으
면 됐지 또 그 틈에 고깃값 타령인가, 타령은."

아버지가 핀잔을 주었다. 누나가 내 옆구리를 집적거렸다. 빨리
밥상 치우라는 신호다. 고기 잘 먹고 밥상 날아갈 일이 생기면 안
되니까.

"근데, 엄마, 데모를 해? 누가?"

똑똑한 체는 이제 좀 그만하지, 또 뭔 말을 할라고 그러는지 원.
'며느리 이민수'는 밥상을 치우기 시작한다. 하여간 기름 눌어붙은
불판같이 설거지하기 고약한 것도 없다. '시누이 누나'와 '시어머

니 엄마'는 쉬지 않고 엄마 취직 이야기다.

"몰라. 그러니깐, 그 회사에서 일하다 해고를 당했다나 뭐라나."

"그래서, 해고당한 사람들 자리에 엄마가 들어갔구나."

"알 게 뭐냐. 그 사람들도 뭔가 잘못을 했기 때문에 짤린 거 아니 겠냐? 짤렸어도 데모하는 거 보면 그래도 그 사람들은 먹고살 만하나 봐. 여러 날 데모했다는데. 여러 날이 뭐야, 일 년도 넘었다지 아마. 기운들도 좋아. 짤린 거야 억울한 측면도 있겠지이. 그러나, 세상일이 자기 맘대로 되냐? 억울해도 세상이 그러려니 허구서 그냥 자기 살길 자기가 찾어가야지. 여보, 내 말이 틀려?"

은근히 '시누 시엄씨' 대화가 지겨워지려고 하는데 아버지가 다가와 나를 위로한다.

"아따, 우리 아들도 다 컸네. 설거지를 아주 야물딱지게도 해놨네."

'그거이 다아, 아버지께서 말씀하신 밖에서 공부한 덕분'이라는 말이 절로 나오려고 했다.

아버지는 요즘 돈을 못 벌어 와 엄마 앞에서 기가 죽어 있는 것이 틀림없다. 엄마가 '내 말이 틀려?' 하고 도발적으로 묻는 말에 얼른 화제를 나한테 돌리는 것을 보면.

"응, 엄마 말이 틀려."

엄마는 아버지한테 묻고 대답은 누나가 한다. 그런데, 대학 들어 간 지 얼마나 됐다고 저리도 똑똑한 척을 하느난 말이다. 나는 슬머

시 누나가 역겨워진다.

"이것이 대가리 좀 커졌다고 대놓고 엄마 말이 틀리다네, 허 참. 왜 틀리는데?"

"그니깐, 하여간 틀려. 부당해. 고용했으면 맘대로 해고할 수 없어. 원하지 않는데 해고했다면 회사 잘못이라는 거지. 근데, 지금 우리나라 고용구조가 어떻게 되어 있는지 알아? 진짜 웃기게 되어 있단 말야. 사람 맘대로 짤라도 회사는 아무 책임 안 져도 되는 말도 안 되는 구조로 되어 있기 때문에 억울한 해고자가 생기고 데모 안 할 수가 없게 되어 있다고, 내 말이."

"우리 딸 똑똑해서 좋긴 한데, 니 엄마는 짤릴 일 없을 거니까 걱정을 하덜덜 말아라."

엄마의 '회사 취직' 날 밤이 그렇게 깊어갔다. 그런데 엄마는 왜 꼭 공장이라 안 하고 회사라 하는지 원.

오늘은 정말 '아줌마 떡볶이' 집 아줌마하고 담판을 지을 생각이었다. 떡볶이집을 끝으로 나는 이제 나름대로 파란만장했던 나의 알바 생활을 접을 생각이었다. 엄마가 취직을 했지 않은가. 아버지도 노점보다 더 벌이가 나은 업종을 알아보고 있지 않은가. 아줌마에게 담판을 지으러 가기 전 그래도 나의 알바 관련 유일한 상담원인 용우한테 상담을 했다.

"아줌마가 분명히 석 달 일하면 시급을 올려준다 했거든."

"얼마 받고 일했는데?"

"삼천."

"얼마 올려주기로 했는데?"

"삼천오백."

"받았어?"

"아니."

"지금 노동부가 고시한 최저 시급이 얼만지는 알지?"

"그런 게 있었어?"

"몰랐어?"

"응."

나는 벌써 흥분하고 있는데 용우는 차분하게 말했다.

"올해 법정 최저 시급이 삼천칠백칠십이야. 아줌마한테 가서 말해. 시급 삼천씩 받았던 거, 삼천칠백칠십으로 다시 계산해서 달라고. 안 그러면 콱 고발해버린다고. 안 되겠다. 같이 가자."

마침 아줌마가 가게 앞에 나와 있었다. 내가 망가뜨린 봉숭아 화분이 그대로 방치되어 있다. 아줌마를 보자, 생각과는 달리 맥이 좀 풀렸다. 가게 안에 여학생 둘이 왔다 갔다 한다. 아줌마는 나를 해고한 것이 분명하다. 아줌마가 먼저 포문을 열었다.

"민수야, 내가 너한테 돈을 못 줬던 사정은 너도 알잖냐. 그런데 아무리 화난다고 화분을 망가뜨려?"

"죄송합니다."

"내가 너를 얼마나 예뻐했니. 니가 처음에 우리 집 올 때 뭐라 그 랬니. 엄마는 집 나가고 아버지는 아파 누워 계시고 어린 동생들이 배고파 울고 있다고, 니가 일을 하지 않으면 안 된다고 사정사정해 서 알바생 고용할 형편도 안 되지만 내가 니 사정 불쌍해서 너를 써 준 거잖니."

말을 듣다 보니 이상하다. 내가 언제 그랬던가? 아줌마가 혹시 다른 애를 나하고 착각하는가? 모든 알바생들은 아줌마 집에서 일 하기 전 다 그렇게 말하나?

"아줌마, 내가 언제 그랬어요? 아줌마가 여학생은 쓰기 싫다고, 여학생 둘 쓸 거 남학생 하나 쓰고 말겠다고 그러면서 저한테 일하 라고 하셨잖아요."

"얘가 지금, 무슨 말 하고 있어. 얘 민수야, 너 한번 생각해봐라. 너처럼 여드름 덕지덕지한 애를 누가 이쁘다고 쓰겠니. 내가 여학 생 싫다면 뭐하러 지금 저렇게 이쁜 여학생 둘을 쓰겠니."

"아줌마, 저 일방적으로 해고시키고 지금 저 애들 데려다 놓으신 거잖아요."

"얘 좀 봐, 얘 좀 봐. 지가 지 발로 나갔으면서 지금 뭔 딴소리니, 딴소리가?"

나는 정말 그 순간 내가 죽어서 내 결백이 증명된다면 죽어버리 고 싶다는 생각이 들었다.

"아줌마, 제가 죽어야 할까요?"

“아이고 무서라, 얘가 이젠 협박까지 하네.”

여태까지 조용히 있던 용우가 나섰다.

“아줌마, 아니 사장님, 돈 주십쇼. 제 친구 이민수가 일을 한 건 맞고 아직 돈을 못 받은 것도 맞지 않습니까?”

“내가 언제 돈을 안 준다고 했니? 내 말은 돈 좀 늦게 준다고 재가 이렇게 발광을 해놓고 갔잖니. 하는 행실을 보면 돈이고 나발이고 딱 안 주고 싶지만 그래도 내가 인정이 있어 일한 값은 줄 거야. 아니 근데 넌 뭐니? 뭔데 지금 나한테 따지고 들어?”

“이민수 친굽니다.”

“아이고, 무셔라. 뭔 놈의 애들이 어른한테 눈 똑바로 뜨고 대든다니?”

어느새 모여든 사람들에게 들으라는 듯이 아줌마가 악을 쓴다.

“대드는 게 아니고, 돈 달라고 하는 건데요.”

용우도 지지 않는다. 삶의 현장이 용우를 저렇게 단련시켰다. 그런데 나 이민수는 뭐란 말인가.

“자아, 그래, 돈 줄란다. 나한테 대드는 꼴은 밉지만 그래도 친구랍시고 와서 거드는 것이 가상해서 내가 돈을 주긴 준다마는……. 가만있어봐라, 아이 민수야, 니 지난번에 말도 안 하고 무단결근한 날 있었지? 그것도 하필 제일 바쁜 날에.”

“말하고 빠졌는데요.”

그날은 학교 폭력 문제로 학원이고 알바고 어떤 이유가 있어도 학교 끝나고 모두 남으라고 담임이 오금을 박는 바람에 어쩔 수가 없었다. 우리는 그날 담임에게 기합을 받았고 나는 분명히 아줌마한테 전화를 했는데 단지 아줌마가 전화를 받지 않았을 뿐이다. 그런데 이제 와서 무단결근이라니.

"무단결근 시 이틀 치 일당 제한다는 약속 안 잊었지?"

나는 그런 약속을 한 기억이 없다. 그러나,

"그리고, 망가진 화분 값은 당연히 민수 니가 물어야겠지? 자아, 그러면 얼마야, 삼천 곱하기 이십며칠……."

아줌마와의 담판은 지루했다. 용우는 삼천칠백칠십 원을 들이댔고 아줌마는 끝까지 삼천 원을 고수했다. 두 사람의 대결은 팽팽했고 나는 웬일인지 너무도 피곤해서 알바비고 뭐고 다 그만두고만 싶은 마음이 간절해지기 시작했다. 나는 문득, 내가 망가뜨린 봉숭아 화분에 눈이 갔다. 화분은 깨졌지만 봉숭아는 다행히 아직 살아 있었다. 뿌리에 흙덩이를 감은 채 넘어진 봉숭아는 천연덕스럽게 꽃을 피우고 있었다. 나는 문득 봉숭아꽃이 참 아름답다는 생각을 했다. 봉숭아는 아름다운데 아름다운 봉숭아를 키우는 떡볶이집 아줌마는 왜 아름답지 않을까. 아줌마가 원래부터 저렇게 아름답지 않은 사람이었을까? 원래부터 아름답지 않은 사람도 아름다운 꽃을 기를 수 있을까? 아줌마에게도 이 꽃처럼 아름다운 때가 있기나 했을까. 내가 한참 돈보다 꽃 생각을 하고 있는데 느닷없이 천지를 진동하는 아줌마의 울음소리가 났다.

"내가아, 내가아, 저놈의 쥐알만 한 새끼들한테 무시를 당할 만큼, 나쁜 사람이 아녀어, 근데에, 저놈의 새끼들이 나를 떡볶이집 아줌마로 보고 무시하는 거야아……. 아이고, 내가 떡볶이 팔아서 무신 부자가 되겠다고 저런 놈의 새끼들한테……. 아이고오……."

고개를 들 수가 없었다. 아줌마가 원망하는 대상이 나라는 사실이 죽고 싶도록 괴로워서 나는 꼼짝도 할 수가 없었다. 아줌마가 애끓는 소리로 우는 것이 꼭 엄마 같아서 더 그랬다. 용우가 내 등을 탁 쳤다.

"야아, 이 아줌마 진짜 독하다. 죽어도 삼천칠백칠십으로 안 준다."

"세상에, 우리 회사 말이다. 무섭다, 무서워."

"왜?"

"들자 하니, 노조 만든다고 짜르고 잡담한다고 짤라서들 데모를 한다네."

"그러게, 내가 그랬잖아, 그 빈자리에 엄마가 들어갔다고. 그러니, 엄마도 안심할 순 없잖아."

"내가 뭘? 나야 뭐 노조도 안 할 거고 잡담도 안 할 건데."

"그게 문제야. 노동자가 당연히 노조 하고 일하면서 말도 할 수 있는 거지, 사람이 기계야, 말도 못 하게?"

"그러다 짤리면?"

"내 말은 엄마같이 짤릴 거 무서워하는 사람들이 함부로 짤리지 않는 세상 만들어야 한다는 거지, 그러려면……."

"그러려면?"

"노동자끼리 단결해야지."

"근데, 이 기집애가 갈수록 이상한 소리 하네. 그래서 내가 짤리기라도 해봐라, 니 등록금이 나오나."

엄마와 누나는 오늘도 '엄마 회사' 이야기다.

밖에 나갔다 온 아버지에게서 술 냄새가 진동한다. 아버지가 철퍼덕 현관에 주저앉는다.

"아이고, 이놈의 세상, 먹고살기가 왜 이리 힘드냐, 당최 헐 수 있는 일이 없구나."

아버진 새로운 일거릴 끝내 못 찾은 모양이다. 잡담만 해도 일하는 사람을 쫓아내는 회사에 들어간 엄마도 왠지 불안하다. 용우가 어렵게 받아낸 돈을 꺼내 본다. 돈이 돈이 아니라 왠지 자꾸만 눈물로 보인다. 저 돈 때문에 내가 울고 아줌마가 울고 엄마가 울고 아버지가 운다. 돈 때문에 울지 않는 건 무엇일까. 아줌마네 집 가게 앞에 나둥그러진 봉숭아가 생각난다. 봉숭아는 돈 때문에 울지 않는다. 내가 발로 차버렸는데도 죽지도 않는다. 아, 그러고 보면 봉숭아가 이 세상에 가장 힘이 센가, 그 아름다운 꽃, 봉숭아가! 그러고 보면 아름다운 것들은 힘이 센지도 모른다. 그렇다는 것을 알게 된 것도 어쩌면 내가 아줌마네 가게에서 일을 했기 때문에, 아버지 말씀대로 밖에서 공부를 한 덕분이 아닐까. 이렇게 생각하니 아줌마가 그리 밉지가 않은 것이 참 이상한 일이다.

"아이고, 아무리 세상 험해도 젤 이쁜 것은 요것들이구나."

엄마는 베란다에 나가 식물들에 물을 주고 있다. 나는 돈이 든 봉투를 안방에 밀어놓고 집을 나왔다.

'아줌마 떡볶이' 집 봉숭아가 아직도 무사하길 바라며 나는 화분 가게로 갔다. 내가 아줌마네 봉숭아를 다시 화분에 심으려는 이유는, 내가 황폐해지지 않기 위해서다. 나는 아름다워서 힘센 봉숭아를 닮아 넘어져도 기를 쓰고 살아나리라. 나는 화분을 안고 밤바람을 가르며 떡볶이 가게로 달려갔다.

울 엄마 딸

그날 저녁 내가 집에 들어갔을 때, 엄마는 화가 단단히 나 있었다. 내가 금방 들어가겠다고 나의 하교를 기다리던 엄마 차를 보내 놓고서는 어두워져서야 집에 왔기 때문이다. 토요일인 그날, 엄마가 나랑 오랜만에 시내에 나가 영화 구경을 할 계획이었다는 사실을 나는 몰랐다. 몰랐기 때문에 엄마를 보낸 것이었는데, 그리고 아이들하고 놀다 보니 좀 늦은 것뿐인데 엄마가 지나치게 화를 내는 것 같아 나도 화가 났다.

"너하고 나 사이에 개코나 영화."

"그니까 말을 했어야지, 말을."

"니가 금방 온다고 해서 말 안 했지. 금방 안 올 거면 전화를 해주든지.”

영화 보러 간다는 걸 알았으면 내가 한효주, 김민해같이 어리뻥뻥한 애들하고 아까운 토요일 한나절을 허비했을 리가 없다. 그 애들하고 기껏 한 짓이 학교 뒷동산에 올라가 춤을 춘 것이라니, 한숨이 절로 나올 판이었다. 초딩들도 아니면서 음악도 없이 뭐 났다고 창피한 줄도 모르고 그랬는지 몰랐다. 그 애들이야 물론 ‘농촌 지역 청소년으로서 마땅한 놀이 문화가 없어서 맨몸으로 발악하는 것’이라고들 하지만 말이다. 그리고 그날 그렇게 발악을 할 수밖에 없었던 이유는, 우리의 불만족스러운 중간고사 성적 때문이었는데 그 말을 엄마한테 어떻게 할 수 있단 말인가. 아니 근데, 엄마는 왜 굳이 나하고 함께 영화를 보고 싶었던 것일까. 예전에는 나 떼어놓고 잘만 가서 보더니. 엄마가 날 떼어놓고 시내 나가서 하룻밤, 이틀 밤이나 자고 들어온 날도 있다는 것을 나는 똑똑히 기억한다. 그때 할머니가 없었으면 나는 굶어 죽었을지도 모른다, 라고 나는 아주 오랫동안 생각했다. 초딩 말년의 어느 날 아침, 머리카락 길이 문제로 엄마하고 다투고 나서 엄마를 더욱 궁지에 몰아넣고 싶은 마음에 문득 그때 일을 엄마한테 항의한 적이 있다.

“나는 알고 있어.”

“내가 지난여름에 한 일을?”

“그 모든 걸 다.”

“조금만 읊어보셔.”

엄마는 출근 준비의 마지막 단계로 좀 전에 바른 루주 위로 립글로스를 덧바르고 거울에 이쪽저쪽 얼굴을 비춰 본 뒤에 한 발을 문쪽으로 돌려놓고는 내 말을 기다렸다.

"엄마가 그때 날 버리고 도망갔짜나아."

"언제?"

"나 1학년 때."

"할머니가 있었짜나아."

엄마가 내 말투를 흉내 낸다는 것은 엄마가 내 말을 그리 진지하게 받아들이지 않는다는 표시라는 걸, 아직 순진했던 그때는 몰랐다.

"할머니 없었어도 그랬을 거라는 걸 어린아이의 본능으로 알고 있었다고 한다면 엄마는 또 날 비웃겠지?"

"시간 없다, 고만하자. 내가 도망가긴 뭘 도망가. 도망? 도망은 지금 가고 싶다, 이년아."

그러고서 엄마는 정말로 엄마 직장인 면 소재지 꽃동산 어린이집으로 도망을 갔다. 엄마가 나가고 난 뒤에 나는 화장대 거울에다 엄마가 쓰던 루주로 이렇게 썼다.

순짜 경짜 자짜 엄마 시러

할머니가 부모 이름을 말할 때는 무슨 자, 무슨 자 해야 한다고 가르쳐준 것을 잊지 않고 그날 아침 써먹은 것이다. 나는 이제 나를 할머니한테 버리다시피 맡겨놓고 집 나가서 아직 남아 있는 젊음을 시내에서 소진하고 돌아온 엄마를 원망할 만큼 어리지 않다. 그토록 나를 떼어놓고만 싶어 하던 엄마는 이제 영화를 보든 쇼핑을 하든 꼭 나를 데려가고 싶어 한다. 내가 어리지 않은 만큼 엄마는 나이를 먹어가고 있는 것일까. 나이를 먹어도 할머니처럼 반듯하게 먹지 않고 엄마처럼 삐딱하게 먹는 사람들의 특징은 사소한 일에 집요하다는 것이다.

"핸드폰은 왜 꺼놨는데?"

'내가 금방 오겠다고 해놓고 전화도 없이 좀 늦은 문제'는 이미 끝난 줄 알았더니 엄마는 다시 시작이다. 나는 대답하지 않았다. 이미 엄마하고 대거리할 흥도 잃어버린 데다가 엄마가 '왜 그랬는데?' 하고 말꼬리의 톤을 높여 물으면 그 말꼬리가 날카로운 비수처럼 나를 콕콕 찌르는 느낌이 들어서 기분이 나빠졌다.

"야아, 잘하면 애 잡아먹겠다. 고만 좀 해라."

드디어 내가 '영원한 나의 구원투수'로 임명한 할머니가 나서 주셨다.

"엄만 좀 잠자코 계세요. 설마 내가 내 새끼 잡아먹을까 봐요."

나와 엄마의 갈등 구조가 슬슬 엄마와 할머니의 실랑이로 옮겨갈 조짐을 보이고 있었다. 할머니는 언제나 그랬던 것처럼 그것을 노리고서 불쑥 끼어든 것이다.

"윤경자 너는 죽어도 예 소리는 안 나오냐? 평생 가르친 것 또 가르쳐주랴? 예 어머니, 예 그만할랍니다, 예 죄송합니다."

"엄마, 제발요. 저년이 지금 내 말을 무시하고서 입 꼭 다물고 있잖아요."

"그게 다 너 닮아서 그렇지 않겠냐. 니 딸이 너한테 그러는 건 니가 지금 나한테 하는 것하고 하나도 다르지 않여."

"제가 뭘 어쨌게요?"

"내 말을 무시하잖여."

"아 예, 죄송합니다, 어머니. 그렇지만……. 야, 기집애야, 엄마 말이 말 같지 않어?"

나는 내 방 문을 잠가버렸다. 요즘 엄마가 얼마나 힘든지 나도 안다. 엄마가 힘들어하는 것이 아버지가 우리와 합칠 생각이 없거나 다시 함께 살 준비를 전혀 안 하기 때문이라고 하지만, 꼭 그것 때문인지는 알 수 없다. 왜냐하면 엄마는 아버지 없이 살았던 지난 십 년 동안 내가 보기에 그리 나쁘지만은 않았기 때문이다. 더구나 엄마는 아버지와 함께 살았으면 버는 족족 날아갈 뻔했던 수입을 들어오는 족족 저축할 수 있어서 얼마나 다행인지 모른다는 말을 매 연말, 적금 타는 날 한 번씩은 했기 때문이다. 그러나 엄마는 아버질 진정으로 사랑하긴 하는가 보다. 아무리 아버지한테 돈이 없어도 함께 살고 싶어 하는 걸 보니 말이다. 그런데 정작 아버진 십 년 동안 떨어져 살면서 생활비 한 푼 못 보태준 것이 미안하다는 이유로 우리와 함께 살 수 없다고 버티고 있으니 엄마가 힘들게도 생겼다. 하지만 엄마가 힘들다고 나를 괴롭혀야 할 이유는 없었다. 나는 괴로운데 엄마는 나를 괴롭히는 게 아니라 챙긴다고 했다. 수업이 끝나고 집에 올 때도 굳이 데리러 오지 않아도 되는 것을 엄마는 꼬박꼬박 고물 마티즈를 끌고 와서는 내가 너 땜에 왜 이 고생을 해야 하는지 모르겠다고 한숨이었다. 엄마가 나를 데리러 오는 것도 괴롭고 엄마가 나 땜에 고생한다는 푸념을 듣는 것도 괴로웠다. 엄마와 나 사이가 언제부터 이렇게 서로가 서로 때문에 고통스러워하는 사이가 됐는지 모르겠다. 그 연원을 따지자면 좀 복잡한 사연이 나올 것 같다. 예전에, 그러니까 지금보다는 어렸을 때 나는 할머니하고 잘 통하지 않는다고 여겼다. 그러나 지금은 엄마하고 그렇다. 예전에 엄마는 내게 꼬박꼬박 존댓말을 썼다. 내가 아직 초등학교에 들어가기 전이니 아버지하고 우리가 이별하기 직전이었을 게다. 엄마는 일곱 살인 내게 말했다.

"사람은 존중받아봐야 남을 존중할 줄 알게 된대요, 알겠지요?"

내 눈을 그윽이 바라보며 그런 말을 할 때의 엄마는 무척 우아해 보였다. 나는 엄마가 우아해 보이는 것이 기분 좋아 엄마 말이 무슨 뜻인지도 모르고 네에, 하고 염소처럼 대답했던 기억이 난다. 엄마가 우아했던 적은 그때가 마지막이었다. 왜냐하면 내게 존댓말을 썼던 엄마가 지금은 이년아, 소리를 아무렇지도 않게 하는 사람이 되었으니 말이다.

아이엠에프라고 했다. 아버지가 다니던 직장에서 정리 해고되었다. 아버지는 퇴직금으로 엄마도 알 수 없는 무슨 사업인가를 했는데 잘되지 않아 퇴직금도 까먹고 빚을 잔뜩 졌다고 했다. 엄마는 나를 데리고 시골 외가로 왔다. 그것이 내가 아버지와 이별을 하게 된 사연이다. 우리 가족은 그로부터 십 년이 지난 지금까지 함께 살지 못하고 있다.

"그새 정이 떨어진 거지. 그러게 내가 뭐라디, 그저 부부는 콩 한 쪽을 나눠 먹더라도 함께 살아야……."

"엄마, 그만해요. 누군 뭐 헤어지고 싶어서 헤어졌어? 오 서방이 하도 빚이 많아놔서 위장으로다가 이혼을 한 거지. 엄마도 알면서……."

어느 순간 엄마가 하던 말을 다 못 끝내고 삐죽삐죽 울면 할머니는 입을 꾹 다물고 건너편의 나를 바라보면서 눈을 껌벅거린다. 엄마는 아버지 말만 나오면 그렇게 눈물 바람이다. 한때는 나도 우는 엄마가 가여워 엄마 역성을 들며 외할머니 미워, 한 적도 있다. 그러나, 십 년의 세월이 지나는 동안 나는 엄마에게서 멀어졌다. 그렇다고 할머니 쪽으로 기울었다고는 할 수 없지만 엄마하고 할머니가 언쟁을 할 때 엄마가 깨지는 것이 은근히 고소해졌던 것이다. 나는 방에 들어서서도 불을 켜지 않았다. 안방에서 텔레비전 켜는 소리와 동시에 할머니가 부엌에 대고 외쳤다.

"야아, 승질난다고 국 말아 대충 먹지 말고 반찬이랑 놔서 먹어라."

"고 계집애 밥은 어떡했느냐고 좀 물어주세요."

할머니가 내 방으로 스르륵 다가온다.

"승애야, 저녁 안 먹으련?"

나는 묻는 사람이 할머니니까 문을 조금 열고 속삭이듯 대답했다.

"애들하고 떡볶이랑 라면이랑 먹어서 배불러. 그치만 배고파도 엄마랑은 안 먹을 거야."

할머니가 부엌에 가서 조용히 말했다.

"야아, 승애 잔다 야."

내가 잔다는 그 한마디로 집이 조용해졌다. 엄마의 숟가락 달그락거리는 소리가 아득했다. 엄마가 밥 먹는 식탁 옆 창문 너머에는 장독대가 있다. 장독대 둘레에는 해마다 봉숭아, 채송화, 족두리꽃, 분꽃, 칸나꽃이 핀다. 할머니가 가꾸는 것이다. 엄마는 내 손을 잡고 외가로 들어선 해 봄에 장독대 둘레에서 돋아나는 새싹들을 보고 어머나, 세상에, 아직도 여기서 이렇게 꽃모종이 올라오네, 하고 감탄을 하더니 그 후로 다시는 장독대 둘레에 꽃이 피든지 말든지 관심이 없어졌다. 엄마에게 감탄이라는 것은 그렇게 딱 한 번만 하라고 있는 모양이었다. 나는 장독대 근방의 화초들에서 나는 냄새라도 맡으면 맘이 좀 좋아지려나 싶어 소리 안 나게 창문을 열었다. 그러나 꽃향기는 장독대 쪽에서 오는 게 아니라 다른 곳에서 오고 있었다. 나는 분명히 그것을 느낄 수 있었다. 그것은 바로 내 마음에서 나는 함박꽃 향기였다. 함박꽃은 건용이 집 담 너머에 흐드러지게 피어 있었다. 언제 피었는지 벌써 벚꽃같이 새하얀 꽃잎들이 담 너머 골목 안에 융단처럼 깔려 있었다. 학교를 오가는 길에 발뒤꿈치를 들고 꽃잎 위를 살짝살짝 걸어보았다. 그렇게 하고 있으면 마치 발레를 하는 기분이었다. 그러다가 걷지 않고 꽃잎 위에 가만히 서보기도 했다. 그러고 있으니, 꽃나무 아래서 책가방을 앞으로 하고 새초롬하게 서서 찍은 엄마의 여고생 때 사진이 생각났다. 엄마의 여고생 시절을 기억하는 사람이 봤다면 아마 깜짝 놀라며 경자야, 하고 불렀을지도 모른다. 그렇지만 내가 윤경자의 딸 오승애인 줄을 알고 나서는 이렇게 혀를 찰지도 모른다.

"야아, 참 그 엄마에 그 딸이라더니, 꽃나무 아래서 폼 잡는 거하며, 알쪼가 났다, 알쪼가 났어."

왜냐하면 이 근방에서 나이 먹은 사람들 중에 엄마를 모르는, 즉 엄마의 과거를 모르는 사람은 새로 이사 온 사람 말고는 없기 때문이다. 내가 어려서는 아직 외모가 만들어지는 과정이기 때문에 못 알아보다가 처녀티가 나기 시작하면서부터 '혹시 윤경자…….' 하는 사람들이 부쩍 많아졌다. 혹시 윤경자, 하는 사람들은 그러니까 어린 윤경자가 아니라 여고생 윤경자를 기억하는지도 몰랐다. 그만큼 여고생 윤경자가 화려했다는 말이다. 그 화려함의 뒤끝에 결국 나, 오승애가 생겨서 그 모든 화려함의 시절은 속절없이 가고 말았다지만. 바로 그때부터였는지도 모른다. 엄마가 바로 너 때문에

내가! 하던 순간부터 나는 엄마에게서 마음을 돌리기 시작했는지
도. 그러다가 이제는 대놓고 그러는 것이다.

"왜 나 때문이야? 엄마 때문이면서?"

"너 때문이라니까?"

"엄마가 날 낳았짜나아. 그니까 엄마 때문이징."

"니가 생겼짜나아. 그니까 너 때문이징."

"내가 뭐 생기고 싶어 생겼어? 엄마 아빠가 좋아서 날 만든 거
자낭."

"야아, 뭘 알고나 그런 말 해라. 내가 뭐 그 인간이 좋기만 한 줄
아냥?"

"싫은데도 날 만들었단 말야?"

그쯤에서 엄마는 착 가라앉은 목소리로, 저주를 퍼붓듯, 한마디
한마디에 꼬박꼬박 힘을 주며, 그러던 것이었다.

"너 시집가서 꼭 너 같은 딸 낳아봐라. 그래야 내 속을 알지."

"내가 뭐?"

"어른한테 꼬박꼬박 말대꾸하잖아."

"엄마도 할머니한테 그러면서."

"그니까아, 니가 나 같은 딸이니까 하는 소리자나아."

엄마가 그런 말을 할 때마다 난 정말 어딘가 깊고도 어두운 곳으
로 가서 콕 박혀버리고 싶었다. 그래서는 다시는 넓고 밝은 세상 밖
으로 나오고 싶지 않은 것이다. 내가 한번 들어가면 다시는 나올 수

없는 깊고 어두운 어딘가로 아직 박혀 들어가지 않은 것은 할머니 때문이다. 그래도 엄마에 관한 한 가장 명확한 증언자는 할머니일 것이므로.

"내가 안다. 승애 너는 니 에미 애비가 죽고 못 살아서 만들었단다. 조선에 말도 말도 그리 안 들었씰까. 하기사 니 엄마가 말 잘 듣는 사람이었으면 이렇게 이쁜 승애를 만나지도 못했겠지만 말여."

나는 습한 바람에 실려 오는 꽃냄새를 맡기 위해 어둠 속에서 킁킁거렸다. 건용이의 짙은 눈썹과 하얀 이가 생각났다. 읍내에서 한약방을 하는 건용이 할아버지는 숱 많은 눈썹이 하?다. 건용이도 나이가 들면 자기 할아버지처럼 숱 많은 하얀 눈썹이 될까. 그래도 건용이는 멋있을 것이다. 나이 먹어 건용이가 멋있을 거라는 건, 하얀 눈썹을 바람에 휘날리며 오토바이를 타는 건용이 할아버지를 보면 알 수 있다. 나는 어둠 속에 열심히 건용이의 얼굴을 그렸다. 그래서 엄마가 내 방 앞으로 언제 왔는지도 몰랐다.

"승애야, 자니?"

엄마가 내 방 창문을 탁탁 두들겼다. 나는 대답하지 않았다.

"안 자면 내 말 좀 들어볼래?"

딸깍, 하고 병 따는 소리가 들렸다. 술병을 따는가 보았다. 나는 술 먹은 엄마가 이 세상에서 제일 싫었다.

'할머니, 할머니 딸 윤경자 씨를 제발 좀 말려주세요오.'

　　그러나 내 간절한 바람과는 달리 할머니는 텔레비전을 켜놓은 채 깊은 잠에 빠져 있었다. 할머니는 초저녁잠을 자고 나서 새벽에 일어나 아침이 올 때까지 온갖 집안일을 다 해놓는다. 그런 할머니 때문에 몇 번을 놀라 깬 적이 있다.

　　"아이, 깜딱이야, 귀신인 줄 알았짜나아!"

　　"흐흐흐."

　　할머니가 귀신처럼 웃으며 내 머리맡을 휙 지나갔다. 손을 뻗어 보면 거기 내가 아침에 입고 갈 옷이 향긋한 냄새를 풍기며 얌전히 개켜 있었다. 할머니는 언제 깨어나시려나.

　　"아이, 야아."

　　"예, 엄마."

　　그러나 조용했다. 할머니의 잠꼬대였던 것이다. 엄마는 다시 정색을 하고 나를 불렀다.

　　"꼴꼴꼴깍, 야아, 비가 올란갑다. 달무리가 졌네. 승애야, 꼴꼴꼴깍. 내가아, 갈수록이 너한테 인정을 못 받는 엄마가 되어가는 것 가타 서룹다. 허지마안, 니가 엄마한테 그러면 못써, 이년아. 왜냐, 난 니 엄마자나아."

　　"그래, 다 좋아. 근데, 욕은 왜 하는데, 예전에 엄마 그러지 않았잖아. 나한테 존댓말 쓰라고 가르친 사람이 누군데, 이제 와서 엄마는 나한테 왜 이년 저년 하는 건데, 왜애!"

　　어둠 속에 잠시 침묵이 흘렀다. 그리고 들려오는 꼴꼴꼴깍 소리,

다시 침묵 뒤의 긴 한숨. 다시 한 번의 꼴꼴꼴깍.

　"그러는 넌 왜 나한테 반말하는 건데에, 꼴꼴깍. 너도 잘난 니 아부지 딸이라고 나한테 그러는 모양인데에, 꼴깍. 왜 다들 날 미워하는 건데에, 죄가 있다면 사랑한 죄밖에 없는 나를 왜 다들 못 잡아먹어 환장들을……. 훅."

　훅. 바로 엄마의 눈물보가 터지는 소리였다. 숨죽인 듯, 속에서부터 용틀임해서 올라오는 듯한 울음소리는 내 심장을 옥죄어왔다. 엄마의 눈물보는 한번 터지면 고여 있던 눈물이 다 빠져나가야만 막을 수 있는 보라는 걸 나는 알고 있었다. 벌써부터 왕짜증이 밀려들기 시작했다. 그것도 모르고 엄마는 장강대하와도 같은 눈물을 쏟기 시작했다.

　"……나두 한때느은…… 꼭 같았어어……. 알어? 니가 멀 알어? ……알면 나한테 그러지 마아……. 꼭 같은 나를 니 아부지가 꼬셔서는…… 지금 이래 풀로 만들어노코오……. 어어엉……. 거친 파도와 같은 아이엠에프의 파고를 온몸으로 넘다 보니 꼭 같은 내가 오늘날 이래 풀이 되었지만서두……. 나도 한때는…… 어엉……."

　풀로 만들어놓고오, 해서야 나는 '꼭 같았다'가 꽃 같았다는 말임을 알았다. '꼭 같은 내가 풀이 되었다.'는 반복은 그날 밤 끝이 없을 듯했다. 엄마의 울음소리를 듣고 있자니 나 또한 눈물이 샘솟는 게 나는 너무너무 기분이 나빴다. 내 심장에 짜증과 연민과 무엇과 무엇과 무엇과, 하여간 말로 다할 수 없는 어떤, 액체도 아니고 기체도 아니고 고체도 아닌 물질들이 마구마구 들어차서 그대로 있으면 여지없이 터져버릴 것만 같았다.

심장이 터져버리기 전에 나는 목숨과도 같은 핸드폰 하나만 챙겨 들고 어두운 방을 박차고 일어섰다. 그리고 내달렸다. 윤경자가 오영준에게 가는 길은 언제나 험난했다고, 사랑을 향해서 가는 길은 원래 그렇게 험난한 법이라고 엄마가 말한 적이 있다. 그 말은 그 밤에 사실인 것 같았다. 나는 건용이의 집 앞에서 건용이에게 문자를 보냈다. 건용이가 하얀 면티에 주황색 체크무늬 남방을 걸쳐 입으며 밖으로 나왔다. 내가 제일 좋아하는 모습 중의 하나다. 밤인데도 건용이에게서는 비누 냄새가 났다. 세수를 금방 하고 나온 모양이었다. 우리는 면 소재지를 벗어나 강둑을 넘어 산길로 갔다. 엄마 말대로 정말 비가 올 것처럼 달무리가 졌다. 엄마가, 비가 올란갑네, 달무리가 졌네, 할 때 엄마 옆에 다정히 앉아주었을 수도 있었으련만 나는 왜 지금 집을 나와 있나, 하는 생각이 얼핏 가슴 한가운데쯤을 쓰윽 베고 지나갔다. 그치만 소설 속 한 구절을 본떠서는 '윤경자의 상황은 언제나 걷잡을 수 없는 속도로 전개되었다.'라고 엄마가 말했듯이, 나 오승애는 걷잡을 수 없는 복잡한 심경에 떠밀려서 집을 나왔던 것이다. 우리는 숲 속의 빈터에 자리를 잡고 앉았다. 자리가 안정되자 눈물이 주르르 흘렀다.

"왜애, 무슨 일인데."

"말하지 마. 복잡해."

건용이가 나를 안는 순간, 숲 속에서 꾸꾸꾸, 하고 밤 비둘기가
울었다. 먼 데서 개구리 울음소리도 들렸다. 건용이는 제 남방을 벗
어 내게 둘러주었다. 건용이는 몹시 떨고 있었다. 그것은 나도 마찬
가지였다. 건용이 입술이 내 입술에 닿는 순간 비릿한 풀 냄새가 끼
쳐 왔다. 나는 진저리를 쳤다. 엄마가 말했다. 스무 살의 내가 너를
잉태하던 밤에 어디선가 그렇게 풀 냄새가 나더라고. 내가 진저리
를 친 것은 엄마의 그 말이 생각나시였는지도 몰랐다.

그날, 엄마가 그러지만 않았어도 내게 이런 일이 일어나진 않았
을지도 모른다. 엄마는 하필이면 왜 그날, 잠도 안 자고 내 방 창문
앞에서 그렇게 구슬피 울어야만 했을까. 나는 엄마가 장맛비같이
주룩주룩 우는 것이 너무나 슬퍼 그날 밤 잠을 이룰 수가 없었고 그
래서 건용이를 만나야만 했던 것이다. 그때, 건용이만 곁에 있으면
목까지 차오른 내 슬픔이 가라앉을 수 있을 것 같아서. 건용이라도
만나지 않으면 나는 '슬픔의 바다'에 빠져서 죽을 것만 같았다. 나
는 그날 밤, 슬픔의 바다란 말을 몇 번이나 읊조렸는지 모른다. 그
말을 자꾸 읊조리다 보면 정말로 이스트 넣은 빵처럼 슬픔의 감정
이 부풀 대로 부풀어 올라 그것이 명분이 되어 내가 집을 뛰쳐나가
리라는 걸 몇 번의 경험으로 알고 있었다. 내가 뛰쳐나가도 너무 울
어서 힘이 없는 엄마는 나를 붙잡지 않았다. 다른 날처럼 내가 금방
돌아오리라고 믿었던 모양이다. 온몸에 풀 비린내를 묻히고 나는

새벽녘에 집에 왔다. 마루에 앉아 있던 엄마가 물었다.

"어디 갔었는데?"

엄마는 똑같은 포즈로 앉아 다른 때보다 늦어지는 나를 기다리며 자신을 자책하고 있었던 것이 틀림없었다.

"숲 속 여기저기 돌아다녔어."

나는 되도록 아무렇지 않게 말했다.

"안 무서웠어?"

"행복했어."

내가 행복했는지, 나는 알 수 없었다. 나는 사실 그때까지도 극심하게 떨고 있었다.

"하긴, 도시가 아닌 게 이럴 땐 얼마나 다행인지 몰라."

다른 때 같으면 '도시에서만 사고 난다고 생각하는 순진한 윤경자 씨'라고 버릇없는 말대꾸를 했을지도 모르지만 그날 새벽에는 차마 그럴 수가 없었다. 사고 친 사람이 그런 말을 하기에는 양심이 걸리는 문제이므로. 아침 밥상머리에서 엄마는 말했다.

"잠에서 깬 할머니가 그러더라. 통통한 꽃비암 한 마리가 방실방실 웃어가매 우리 집으로 들어오더라나, 어쨌다나."

할머니가 자신의 말을 전하는 엄마를 물끄러미 쳐다봤다. 엄마 얼굴이 빨개졌다.

"언제 오 서방 만났니?"

"예. 어린이집으로 찾아왔더라구요. 근데 만나면 뭐해요. 남 같은데. 하는 말마다 정나미 떨어지는 소리만 하다 가데요. 하여간 그 인간만 왔다 가면 스트레스 받아서 내가 영화 좀 보면서 기분 풀이 할려고 했드니만 가시내가 협조를 안 해줘 가지고는……. 그래 좀 뭐라 했더니 방문을 처잠가놓고 말이야……. 지 아부지는 그렇다 쳐도 딸년한테까지 내가 무시를 당하는가 싶어 술을 한잔했더니……. 술이 원래 그렇잖아요. 그래서 좀 울었기로서니 가시내가 이번엔 또 처뛰쳐나가설랑은……. 아이고 머리야. 근데 어젯밤에 엄만 통 안 하시던 잠꼬대까지 하시데. 그것이 그니까 그 꽃비암 나타나고 막 거시기 하니까 그러셨나?”

말은 말대로 하면서 엄마는 주섬주섬 약통을 뒤진다.

“야야, 경자야, 약이란 게 함부로 먹는 게 아니다. 좀 참았다가 그래도 아프면 병원에 가든지. 또 아냐? 승애 동생 소식이 있을지.”

“아이구, 아니야, 엄마.”

“어른 말 들으면 자다가도 떡을 얻어먹는단다. 내 말대로…….”

하는 참인데 엄마는 어느새 아스피린 두 알을 입안으로 톡 털어 넣어버렸다. 할머니는 또 엄마가 할머니 말 안 듣고 엄마 맘대로 하니까 열이 좀 받치는지 창문을 활짝 열어젖혔다.

“야아, 장독 옆에 흰 접시꽃 폈따아, 존 일 있을란가비다.”

“해마다 피는 접시꽃인데 뭘.”

“한꺼번에 세 송이 피워 올리기가 쉽지가 않은 일이여어. 생각해 봐라, 하나 낳는 거하고 셋 낳는 거하고 같냐, 같애?”

"그러니까, 그것이 결코 같지는 않겠지요마는……."

나는 무심한 척 열심히 수저질만 했을 뿐이다. 그해 첫 접시꽃이 피고 그날 낮에는 봉숭아가 피고 그날 밤에는 달맞이꽃이 피었던, 그 아름다운 날, 아침에.

건용이는 내가 저를 불러내자 신이 나서 슬리퍼 바람으로 달려 나왔다. 건용이네 집 함박꽃은 벌써 벌써 지고 짙푸른 녹음이 우거졌다. 꽃이 지고 녹음이 우거지는 동안, 내 몸속에서도 '무슨 일'이 일어나고 있었다는 것을 그러나, 나는 몰랐다.

"승애, 어디 아프냐?"

"아니요."

"방학하고 나서 내내 시들시들혀."

"밥맛이 좀 없다뿐인데."

"맛난 것 해주려?"

할머니가, 방학했다고 어디 갈 데도 없고 오란 데도 없는 불쌍한 새끼, 라고 혼잣말을 해가며 부쳐주신 파전 한 젓가락을 집어먹으려는 찰나, 욱하고 치밀어 오르는 구토증이 너무나 낯설었다. 이상한 예감이 들어 부리나케 인터넷을 열었다. 그리고 알았던 것이다. 구토증의 정체를. 나는 그길로 건용이에게 달려간 참이다.

"야, 자전거 가지고 나올까?"

내가 자전거 타는 모습이 멋있다고 말해준 뒤부터 건용이가 나를 만날 때마다 하는 소리다.

"자전거가 아니라 차가 있어야 해."

"나 차 없는데."

"차 타고 멀리멀리 가야 하는데……."

"무슨 일 있니?"

"나 있잖아. 이상해."

나는 내 배를 가리켰다.

"배 아파?"

"아픈 게 아니고……. 그게 안 나와."

"에이, 드러워."

"드럽다구? 너 죽을래? 이 바보야, 한 달에 한 번 나올 것이 안 나

온다구."

"왜?"

"걸 몰라서 물어? 너 때문이잖아."

그때서야 건용이 얼굴이 풍선처럼 부풀었다.

"나 때문에? 내가 왜?"

"인터넷 찾아봐."

"그게 안 나오면 어쩐다고 떴는데?"

"임신."

"홉!"

"그니까, 도망가자구."

“기다려봐.”

건용이는 저희 할아버지의 한약방으로 갔다. 건용이를 심하게 사랑하시는 건용이 할아버지는 건용이가 돈을 훔치는 동안 건용이에게 먹일 보약을 짓고 있던 참이었다.

“건용아, 같이 온 갸는 누구냐?”

“친구예요.”

“뉘 집 여식인지 똘망똘망하니 빛나게도 생겼고녀. 갸도 약 지어 주려?”

“담에요.”

그 몇 마디가 오가는 사이에 건용이의 호주머니가 두둑해졌다. 다행인 것은 지금이 방학이라는 것이다. 우린 친구들하고 바닷가에 놀러 왔다고 각자의 집에 전화를 했다. 어른들은 말하면 어련히 안 보내줄까 봐 돈을 훔쳤느냐고 야단을 쳤다. 야단을 치는 건 두 집이 똑같았다. 그 전화를 끝으로 우린 핸드폰을 껐다.

“아아!”

알 수 없는 탄식을 내뱉으며 건용이가 민박집 텔레비전을 켰다.

“서울에서 아버지가 갓 태어난 아기를 살해하는 끔찍한 사건이 일어났습니다. 실직 중에 있던 박 모 씨는 임신한 아내를 남겨두고 지방의 한 건설 현장에서 7개월간 막노동을 했습니다. 그러나 박 씨는 건설업체의 부도로 임금을 받지 못했고, 아내의 출산 소식을 듣고 집으로 와서 생계에 대한 불안감으로 태어난 지 하루밖에 안 된 아기를 살해했습니다. 극도로 악화된 경제 상황이 빚어낸 끔찍한 참극이 아닐 수 없습니다."

"꺼."

와들와들 몸이 떨려왔다.

"무서워하지 마, 난 안 죽일 거야."

"그런 말도 하지 마."

"알았어."

우린 침묵했다. 그러나, 뉴스로 인해 발동된 끔찍한 생각은 꼬리에 꼬리를 물고 일어나기 시작했다. 그것은 이전에도 흘려들었던 것이지만 내 일이 아닌 만큼 이내 기억에서 지워졌던 것들이었다. 충격적이었던 만큼 빨리 잊고 싶었던 건지도 몰랐다. 「추적 60분」인가, 「PD수첩」인가에서 봤던 장면도 떠올랐다.

허름한 아파트 베란다 밖으로 검은 비닐봉지가 날았다. 비닐봉지는 화단에 떨어졌고 아파트 경비가 고양이 울음소리 같은 게 나는 비닐봉지를 들춰봤더니, 거기 갓 태어난 아기와 태반이 들어 있었다. 경찰이 수사를 해서 5층에 사는 여고생을 잡아갔다. 여고생은 임신을 했는데도 전혀 모르고 있다가 배가 불러오자 압박붕대로 배를 감싸서 아무도 그 여고생이 임신한 사실을 몰랐다. 여고생은 어느 날 화장실에서 힘을 주니 아기가 나왔다고 울먹였다. 여고생의 아버지는 정말 몰랐느냐는 형사의 질문에, 알았으면 무슨 조처든지 했을 거라고 말했다.

수원의 한 공중 화장실에서 한 소녀가 아기를 낳고 화장실 변기를 내려 아기를 살해한 것을 청소하는 아줌마가 발견해서 경찰에 신고했다. 소녀는, 자신이 임신한 사실을 아무에게도 말할 수가 없었다고 말했다.

"엄마에게도, 아빠에게도, 언니, 동생에게도. 친구들에게도 선생님에게도, 날아가는 새에게도, 꽃에게도, 돌에게도, 나뭇잎에게도, 그 무엇, 그 누구에게도."
"무슨 말 해?"
"이제 난 누구한테 말하지?"
"야, 승애 너 이상해애."
나는 몸을 부르르 떨었다.
"건용이 너 도망갈 거야?"
건용이가 라면을 끓이다가 깜짝 놀라며 돌아봤다.
"이미 여기로 도망 왔잖아."
"그게 아니고 너 혼자 어디로 내뺄 거냐고."
"내가 도망갈 데가 어딨냐."
"도망갈 데 없어서 지금 여기서 이렇게 라면 끓이는 거야?"
"아니. 라면 먹고 돌아가서 말하려고."

“어떻게 말할 건데?”

“아기가 생긴 이상 우린 더 이상 어린애가 아니라고 말할 거야.”

“그래도 어린애라고 하고, 그래도 나가라고 하면?”

“그땐 뭐 할 수 없지. 너하고 나하고 그냥 집 나와서 살지 뭐.”

“노숙하자구?”

“노숙을 하든지, 뭐를 하든지. 옜다, 라면이나 먹어라.”

“돈 없으면 우리 어떻게 살아? 근데 정말 너 도망 안 갈 거야? 나 애기 낳으면 이제 우린 어떻게 되는 거야?”

“돈 없으면 벌지. 도망은 안 갈 거고 애기 낳으면 애기 키워야지.”

“어떻게, 뭐해서?”

“…….”

화가 나는 건지, 불안한 건지 나는 알 수 없다. 둘 다일 것이다. 나는 내가 임신했다는 것을 안 뒤부터 엄마가 더욱더 미워지기 시작했다. 이 모든 사태가 다 엄마 때문에 일어난 것만 같았다. 그러니까, 그날 엄마가 내 방 앞에 와서 술을 먹고 울지만 않았어도 내가 건용이에게 가지 않았을 거고, 그랬으면 나는 지금도 건용이하고 아이스크림을 빨며 건용이가 할아버지에게서 받은 용돈으로 시내에 가서 영화 구경을 하고 있을지도 모르고, 오직 엄마의 잔소리를 막으려는 목적이긴 하지만 어쨌든 내가 재수 없어 하는 공부 잘하는 아이들처럼 도서관에서 공부하는 흉내도 내면서 고등학교 2학년의 여름방학을 보내고 있을 것이었다. 고딩이 하라는 공부는 안

하고 '연애질'에 빠진 것도 다아 내가 윤경자라는 엄마의 딸이기 때문이라고, 나는 생각하고 있었다. 엄마들은 엄마 친구의 딸이 어떻다고 하지만 나는 내 친구의 엄마들을 엄마와 비교하는 습관이 있었다. 적어도 내가 아는 내 친구의 엄마들은 스무 살도 되기 전에 애를 낳지는 않았고 남편과 별거하지도 않았으며 내가 알아본 바로는 애를 친정엄마한테 던져두고 나가서 이틀 밤이나 돌아오지 않은 적도 없었다. 건용이 엄마만 해도 스물다섯에 결혼해서 건용이를 낳았다고 했다. 그런데 엄마는 도대체 뭐란 말인가. 창피해서 어디 가서 말도 못 할 엄마다. 누가 엄마 나이를 물으면 나는 아무 말도 못 했다. 효주한테 나는 내가 엄마의 딸로 태어난 게 내 인생 최대의 실수인 것만 같다고 했더니 효주는 그 말을 민해한테 했고, 민해는 내 사생활을 캐보려고 접근한 엄마가 왜 승애가 요새 말을 안 듣는지 아는 게 있으면 말해달라고 눈물로 호소하는 통에 결국 효주한테 들은 얘기를 해버렸다고 했다.

"미안해, 너희 엄마한테 승애 너의 인생 최대 실수는 너희 엄마 딸로 태어난 것이라고 했다고 말해버렸어. 그런데 너희 엄마 되게 젊더라, 그게 난 부러웠어. 울 엄만 할머니 같은데."

민해는 이렇게 말하며 용서를 빌었다.

민해의 염장질을 내가 용서한 것은 그렇게라도 엄마가 고통을 받았다면 그것도 소득이라고 여겼기 때문이다. 이제야말로 엄마에게 확실한 고통을 안겨줄 날이 오고야 말았는가.

"뭘 해서 먹고살 건지 내가 물었짜나아!"

대답을 못 하는 건용이의 태도에 있는 대로 신경질이 뻗쳐올랐다. 나는 그래서 더 집요해졌다. 누가 울 엄마 딸 아니랄까 봐.

"아아아!"

건용이가 괴성을 질렀다.

"우리 죽어버릴까?"

내가 벌써 세 번째 한 말이다. 죽자는 말을 할 때마다 눈물이 샘솟는다. 건용이는 죽자는 말이 듣기 싫은지 갑자기 방문을 열고 나가 버렸다. 내가 자꾸 죽자고 하니까 겁이 났는지도 모른다. 겁이 난 건용이가 저만 살겠다고 도망가 버리면……. 그러면 민박집 방세 떨어지는 날, 오갈 데 없는 나는……. 수원의 소녀가 자꾸만 떠올랐다. 아무에게도 말할 수가 없었어요. 가슴이 미어졌다. 그때는, 무심히 들었던 소녀의 그 말이 지금 내 마음을 말하는 것이 될 줄을 나는 몰랐다. 엄마도 그랬을까? 아무에게도 말 못 하고 낳은 것이 나였을까? 벽에 등을 대고 앉아 있자니 내가 제일 싫어하는 눈물이 주르륵 흘러내렸다. 옆방에서 남자애와 여자애의 키득거리는 소리가 났다.

"오빠아, 왜 그래애."

그리고 이어지는 쪽쪽거리는 소리. 나는 귀를 막았다. 분명 목소리만으로는 아이들인데 어른들 흉내를 내고 있다니, 저질들. 그러다가 나는 깜짝 놀랐다. 바로 내가 그런 저질이 아닌가. 그럼 스무 살도 되기 전에 나를 낳은 엄마도 저질이었던가. 그치만 엄마는 나를 키우기 위해 아빠의 도움도 받지 않고 그 얼마나 열심히 살아왔는가. 내 앞에서 술을 먹고 울거나 할머니와 가끔 다투는 것만 빼고 엄마는 나와 할머니와 이루고 있는 가정의 가장 노릇을 충실히 해왔고 내가 원하지는 않았지만 좋은 엄마가 되기 위해 나름으로 애썼다는 걸 내가 안다. 나는 민박집 벽에 붙은 거울 앞으로 다가갔다. 한참을 머뭇거리다 용기를 내어 거울에 입김을 불었다. 뿌예진 자리에 손가락으로 글을 썼다.

윤경자 엄마 사랑해

그러자 겨우 멈췄던 눈물이 또 펑펑 솟아났다.
"야, 아직도 울고 있냐?"
건용이가 짠물을 뚝뚝 흘리며 들어섰다. 나는 대답하지 않고 민박집을 나왔다.
"야, 울면서 어디 가는데에?"
건용이가 화를 내며 나를 붙잡았다. 그전에 내가 울었던 건 엄마가 미워서였는데 내가 지금 우는 건, 내가 엄마를 사랑하고 있다는 것을 깨달았기 때문이라는 걸, 그러나 나는 말하지 않았다.
"야, 나보고 도망갈 거냐고 하더니 이젠 니가 도망가냐?"
상대방이 화를 내건 울건, 말하지 않고 버티기는 엄마의 전매특

허였다. 건용이가 엉엉 울면서 나를 쫓아왔다. 나는 어쩐지 웃음이 나려는 걸 참으며 백사장으로 나아갔다. 그때 파도가 갑자기 몰려왔다. 건용이가 울며불며 나를 쫓아오고 있었다. 나는 풍덩 바다로 뛰어들었다. 내가 수영을 잘한다는 것을 모르는 건용이가 악을 썼다.

"울 할아버지한테 전화했더니, 너랑 오래. 그니까 승애야아⋯⋯."

바닷물은 따뜻했다. 건용이 울음소리도 따뜻했다. 나는 힘차게 바닷물 속으로 자맥질해 들어갔다. 가끔은 술을 먹고 울기도 하지만, 또 툭툭 일어나 씩씩하게 살아온 엄마처럼, 두려움 없이.

보리밭의 여우

아직 날은 새지 않았다. 파란색의 방충망이 쳐진 봉창 밖은 어두
웠다. 지금은 일어나지 않아도 되겠구나, 안심을 하고 다시 잠을 청
하려다가 내가 좀 전에 누군가하고 인사를 했다는 생각이 언뜻 들
었다. 잠결에 무슨 말소리인가가 들려왔고 나는 반사적으로 눈을
떴었다. 그리고 누군가 낯선 것 같기도 하고 낯익은 것 같기도 한
손님이 와 있는 듯해 인사성 바르면 자다가도 떡을 얻어먹는다는
어머니의 평소 가르침대로 눈은 반쯤 감은 상태에서나마 벌떡 일
어나 인사를 했던 것이다. 그리고 나는 다시 잠이 들었다.

내가 완전히 잠이 깨었을 때는 해는 뜨지 않았지만 봉창 밖이 훤
했다. 내 옆에서는 벌써 일어난 형이 아침 공부를 하고 있었고 마루

에서는 어머니, 아버지가 두런거리는 소리가 들려왔다. 여느 날과
전혀 다르지 않은 아침이었다.

"비가 올랑가, 어쩔랑가."

"오늘 낼 비가 오면 모를 낼 수 있을 것이네."

"놉은 얼마나 얻을라고요?"

"한 대여섯 명은 얻어야제. 모내게 되면 둘째 학교 가지 말라고
허소. 못줄도 잡아야 헝게."

언제나 그랬듯이, 올해도 나는 비가 와서 우리 집 논에 모를 내는
날 학교엘 안 가게 된다. 학교라는 곳은 내게 가도 그만, 안 가도 그
만인 곳이다. 농번기에는 나뿐만 아니라 공부도 잘하고 하다못해
쌈질이든 뭐든 뭐 하나라도 잘해서 눈에 뜨이는 놈들도 종종 결석
을 하곤 하니까, 공부도 그만그만하고 운동도 그저 운동장에서 아
이들 공 찰 때 따라서 뛰기나 하는 나 같은 아이가 결석을 한들, 내
가 결석을 했는지 어쨌는지도 모르고 그냥 넘어갈지도 모른다. 나
는 머리에 기계총이 났다가 없어지고 났다가 없어지고, 얼굴에 버
짐이 피었다가 없어지고 피었다가 없어지고를 반복하는 평범한 시
골 아이였다. 부모는 천수답 농사를 짓고, 위로 누나들은 일찌감치
초등학교만 졸업하고 도시의 공장으로 갔다. 남의 소작만 붙이다
가 천수답이나마 갖게 되고 송아지나마 사들이게 된 것도 다 그 누
나들 덕분이었다.

큰누나는 집에 있는 두 남동생인 형과 나를, 그중에 특히 우리 집

장손인 형 하나만큼은 책임지고 공부시키겠으니 안심하고 공부 열심히 하라는 편지를 보내오기도 했다. 누나들 덕분에 가난에서 영원히 벗어날 수 없을 것 같았던 우리 집에 서서히 희망의 빛이 비쳐 들고 있는 것은 분명했다.

열린 뒷문으로 보이는 대밭에서 참새들이 말할 수 없이 시끄럽게 짹짹거렸다. 어디선가 부지런한 뻐꾹새 소리도 들려왔다.

"뻐꾹새 우는 것 봉게 비 오기는 글러부렀는갑소야. 아이, 창석아, 해가 중천인데 안즉도 퍼질러 자는 거여? 느그 누나들은 시방 벌써부터 일허고 있겄다아, 이 속창아리 없는 놈아아."

어머니가 부엌에서 밥상을 내오며 악을 썼다. 아침녘에 이미 풀을 한 짐 베어가지고 온 아버지가 마루에 앉기 전에 나는 일어나야 한다.

"성, 무슨 공부 헌가?"

"영어 공부."

형은 중학생이 된 뒤로 부쩍 말수가 없어졌다. 그래서 말 붙이기가 좀 어려웠다. 그래도 나는 용기를 냈다.

"성."

형은 잠시 속으로 하는 입놀림을 멈추고 내 말을 기다렸다.

"영어 재밌는가?"

"처음 해보는 외국어잉게 신기허지. 아부지 오시기 전에 세수 허자."

우리는 우물이 있는 뒤꼍으로 나갔다. 똑같이 나갔는데도 어머니는 형은 놔두고 나를 향해서만 중얼거렸다.

"참말로 부애까심이다, 부애까심이여."

어머니가 그러거나 말거나, 나는 신경 쓰지 않았다. 형이 빡빡 깎은 머리를 세숫물에 풍덩 담갔다.

"너는 요새 애들이랑 잘 지내냐?"

형이 수건으로 머리의 물기를 털어내며 물었다. 형은 일부러 내게 말을 걸었을 것이다. 형제들끼리 이야기하면 어머니도 조용해진다는 걸 알기 때문에. 그래도 형이 내게 관심을 가져주는 느낌이 싫지 않아 나는 얼른 대답했다.

"기환이가 자꾸 내 머리에 도장밥 났다고 놀려서 한바탕헌 것 말고는 잘 지내는디, 왜?"

"야, 학창 시절에 남는 것은 친구라고 허더라. 사내새끼가 그 정도 가지고 치고받고 싸우냐?"

"알았어."

중학생이 된 뒤 식구들과는 상관없이 자기 일만 신경 쓰며 사는 듯했던 형이 내게 충고를 해주는 게 눈물이 날 지경으로 다정하게 느껴졌다. 그래서 나는 다른 날보다 그날 아침에 기분이 조금은 더 좋았던 건지도 몰랐다. 그렇지 않았다면, 어머니 표현대로 하자면 내가 그토록 '초랭이 방정'을 떨지는 않았을 테니까. 나는 대수롭잖게 형에게 물었다. 그것이 초랭이 방정 떠는 일이라고는 생각지 않은 채로.

"그런디 성, 어젯밤에 우리 집에 누가 오지 않았어?"

막 떠오른 아침 해 아래 물기를 닦아낸 형의 머리통은 깨끗하기 이를 데 없었다.

"왜?"

"아니이, 내가 자다가 깨서 누구랑 인사를 허긴 헌 것 같은디, 그랬던 것 같기도 허고 안 그랬던 것 같기도 허고."

텃밭에다 세숫물을 뿌리고 오면서도 계속 주절거리는 내게 형이 성큼 다가섰다.

"오긴 누가 왔다고 그래, 임마."

느닷없이 표준말 억양을 쓰는 형의 말투와 내 어깨를 누르는 형의 주먹에 뭔가 알 수 없는 힘이 들어가 있음을 나는 느꼈다.

"아니, 나는 그냥, 그것이 꿈인 것 같기도 허고, 아닌 것 같기도 해서 물어보는 것이여……."

좀 전에 형에게 말할 수 없는 다정함을 느꼈던 만큼 이번에는 형의 조그만 완력에도 기가 죽는 것이 서러워졌다. 눈을 조금이라도 깜빡하면, 금방이라도 눈물이 배어 나올 것만 같아, 나는 일부러 눈을 뚝 뜨고서 뚜벅뚜벅 방으로 들어왔다. 책을 챙기는데 기어코 눈물방울이 살큼 책 위에 떨어졌다. 나는 얼른 그것을 지웠다. 형이 뒤따라와서 다시 한 번 내 어깨를 잡았다. 이번에도 힘이 들어가 있긴 했지만 형의 손에는 좀 전과는 다른 다정함이 서려 있었다.

"긴 것도 같고 아닌 것도 같은 것은 입 밖에 내지 말어, 알았지? 왜냐허면, 확실허지 않은 것을 말허면 아부지 어무니가 피해를 본 게."

형이 책을 넣는 가방은 내가 꿈에도 소원하는 중학생용 카키색 가방이었다. 내가 중학생이 되고 싶은 이유는 바로 중학생이 되어야만 가질 수 있는 책가방, 중학생이 되어야만 신을 수 있는 운동화와 모자 때문이었다.

"알았어, 알았당게."

형이 나를 보고 씩 웃었다. 나는 책보자기의 끈을 질끈 묶었다.

밥상머리에서 아버지가 말했다.

"오늘, 비가 오면 모를 낼려고 했드마는 비가 안 온다. 그래서 석이는 그냥 학교 가라."

막 피어나기 시작한 능소화가 집집의 대문간에서 주황으로 빛나는 아침이었다. 어젯밤에 피웠던 쑥불의 향기 대신 보릿대 태우는 냄새가 유월 아침의 대기 속으로 퍼지고 있었다. 이 골목 저 골목에서 아이들이 쏟아져 나왔다. 중학생들은 자전거를 타고 찌릉찌릉 벨을 울리며 쏜살같이 마을을 벗어났다. 형은 자전거가 없어 십 리가 넘는 길을 걸어가야 한다. 올 여름에 보리를 수매하게 되면 아버지는 자전거부터 사주겠다고 형에게 약속했다. 그러나 그건 그때 가봐야 알 수 있는 일이다. 형은 중학생이므로 먼저 가고 나는 당산으로 갔다. 골목에서 쏟아져 나온 국민학생들은 일단 마을 입구 당산에 모였다. 국민학생들은 애향단장의 인솔하에 공동으로 등교하도록 되어 있었다. 신작로가를 따라 행진하듯 가면서 아이들은 '백두산 뻗어 내려 반도 삼천리'라든가, '무궁 무궁 무궁화 무궁화는 우리 꽃' 같은 노래로 시작하여 '자유 평화 위하여 임들은 가셨으니 가시는 곳 월남 땅 하늘은 멀더라도' 같은 군가를 목이 터져라 부르며 학교까지 갔다. 그렇게 가다가 중간 중간에 차가 지나가면 팔뚝이 빠져라고 손을 흔들어야 한다. 만약에 애향단의 일원으로 단체로 등교하지 않고 혼자 가다가는 학교 입구에서부터 선생님에게 기합을 받아야 한다. '찍게 선생'은 툭하면 아이들의 귀를 잡고 공중으로 들어 올리고 눈을 부라렸다. 찍게 선생에게 한번씩 귀를 찍히게 되면 귓불이 하루 종일 아렸다. 나는 솔직히 애향단 등교가 싫었다. 무슨 일인지는 모르지만 좀 창피하다는 생각이 들었다. 무엇보다 애향단 등교를 하면 버스가 일으키는 먼지를 내 맘대로 피할 수 없어서 괴로웠다. 일전에 버스가 지나가면서 일으키는 먼지를 피하기 위해 우리는 화생방 훈련을 하듯 코와 눈을 감싸고 신작로가 풀섶에 일제히 엎드렸다. 나는 순간적으로 간밤, 이장집 마당에서 본 드라마 「전우」가 생각났다. 나는 나도 모르게 소대장 나시찬 흉내를 내며 논둑 위로 굴렀다. 그러나 내 의도와는 상관없이 온몸이 진흙투성이가 되었고 내 뒤를 따르던 아이들은 데굴데굴 구르는 시늉을 하며 웃어댔다. 내가 애향단 등교에 유감이 생기게 된 것은 그때부터였을 것이다. 그전에 나는 곧잘 애향단장 대신 애향단 깃발을 들고 맨 앞장서 구령을 붙이기도 하고 향도(嚮導)가 되어 조금이라도 줄에서 이탈을 하거나 어긋나는 아이들을 단속하기도 하였다. 때로 한 노래가 끝나면 잽싸게 다른 노래로 넘어가야 하는데 다음 노래의 첫 소절을 끄집어내는 역할을 맡기도 하였다. 나는 그전까지 애향단 등교에 대해서 한 번도, 그 어떤 회의도 해본 적이 없었다. 아침 일찍부터 들에 나온 어른들은 아이들의 그런 등교 방식을 보기 좋아했고 이따금 지나가는 자동차들은 경쾌하게 경적을 울려주기도 했다. 애향단 아이들은 왠지 모르게 자랑스러워 어깨가 절로 들썩여졌고 노랫소리는 높아만 갔다. 나는 나시찬 흉내 내려다 창피만 당한 그날 이후부터 행렬이 개판이 되든 말든, 신경 쓰지 않다가 나중에는 행렬과 뚝 떨어져서 혼자 걸어가기 시작했다. 애향단장 기환이가 내게 머리에 도장밥 있다고 시비를 건 것은 그러니까 괜히 그런 게 아니라는 걸 나는 짐작하고 있었다.

유월 아침은 특유의 습기를 머금고 싱그러웠다. 아이들은 노래노래 부르며 학교를 향해 행진해 갔다. 오늘 같은 날은 그냥 뒤로 처지다가 슬쩍 빠져 어디 옴팍한 산골 밭에나 기어 들어가서 보리나 밀 서리를 해도 좋을 것 같았다. 나는 앞장서주는 놈만 있으면 지체 않고 따라나설 수 있었다. 나는 다른 동네 애향단을 살폈다. 방아실집 정배가 눈에 띄지 않았다. 정배네 집 논은 천수답이 아니다. 정배네는 머슴을 둘이나 두고서 문전옥답 농사를 짓는 집이다. 그렇게 머슴을 두고 사는 부잣집이어도 농번기가 되면 정배도 결석을 했다. 정배 엄마가 아기를 낳다 아기만 살고 죽었다. 급하게 갓난이 딸린 새엄마가 들어왔는데 그 새엄마가 정배한테 계집애들이나 할 일을 시킨다는 것이다. 말하자면 정배는 농번기 때면 애보개가 되는 것이다. 그렇다면 오늘 정배 집에나 가서 아기들은 정배네 뒷산 상수리나무 같은 데다 묶어놓고 정배하고 요즘 한창일 때 왈이나 따 먹으러 갈까, 하는 생각이 동했다. 이 동네 저 동네서 나온 애향단들의 노랫소리는 점점 멀어졌다. 행진을 하고 갔으면 분명 알아채지 못했을 바람 한 줄기가 건듯, 불어왔고 나는 그것을 신호 삼아 정배네 동네로 가는 호젓한 들길로 홱, 들어서고 말았다.

'부딪쳐써 깨어지느은 물거품만 남기이이고 가버어리인 그 싸람므을 못 니져 우웁니다아아' 어쩌고 하는 노래를 콧소리로 흥얼거리며 나는 정배네로 가는 논 언덕을 뽈딱 넘어섰다. 이제 학교 가는 아이들 모습은 완전히 내 시야에서 사라졌다. 어디선가 보리 까시락 태우는 구수한 연기내만이 들판을 가득 감싸고 있었다. 나는 무심히, 무심히 드문드문 바위너설이 깔려 있는 비산비야를 걸어갔다. 그 아침나절에. 그런데, 문득 누우런 보리밭 한가운데 있는 바위너설에 발딱 앉아 있는 보리 색깔의 동물 한 마리가 보였다. 저것이 뭘까, 뉘 집 개가 학교 가는 애 뒤를 밟아 오다가 저기에 잠시 앉았는 것일까, 하면서 나는 눈을 비비며 바라봤다. 그리고 나는 그것이 여우임을 알았다. 그리 크지도 작지도 않은 여우가 세모진 눈을 하고 나를 보며 찡그린 듯 웃고 있었다. 웃는 듯 찡그리고 있었다. 아니, 저것이 뭔 일로 이 아침에, 하면서도 나는 한 손에 돌멩이를 다른 손에 고무신을 움켜쥐고 있었다. 여차하면 여우 머리를 돌멩이로 내리치고 도망을 갈 판으로 나는 천천히 여우 곁을 지나치기 시작했다. 때아니게 서늘한 바람 한 줄기가 내 목덜미를 쓰윽 훑고 지나갔다. 어디선가 안 들리던 피리 소리도 들려오는 듯했다. 그것은 자세히 들으니 보리밭 속 작은 새들이 삐악삐악 우는 소리였다. 눈앞에서 망초꽃이 하늘거렸다. 정배네 동네 앞 정자나무가 눈에 들어오자 나는 그때서야 온몸에 비 오듯 땀을 흘리고 있는 것을 알았다. 정자나무 아래로는 겨울에 얼 때만 빼고 사시사철 콸콸 물소리를 내며 흐르는 계곡이 있었다. 나는 그 계곡에 풍덩 뛰어들고 싶은 것을 가까스로 참고 정배네 대문을 밀고 들어섰다. 마침 정배가 대문간에 펼쳐진 덕석에다 어린아이들, 말하자면 지 친동생과 의붓동생을 풀어놓고 저는 책을 읽으려고 했는지, 한숨 자려고 했는지 알 수 없는 자세로 비스듬히 누웠다가 내가 들어서자 누런 이빨로 히이, 하고 웃으며 나를 맞았다. 나는 덕석 위에 철퍼덕 주저앉았다.

"하따, 느그 집 오는디서 아침부터 여시한테 홀릴 뻔했다."

정배가 급히 정짓간으로 들어갔다 나오더니 보리단술 한 컵을 쓱 내민다. 단술을 들이켜고 나니 긴장했던 몸이 조금은 풀리는 듯 기분이 좋아졌다. 한참을 덕석 위에서 뒹굴다가 우리는 아이들을 어깨에 들쳐 멨다. 계집애들처럼 아이를 허리에 묶지 않고 광목끈을 어깨에 묶고 애들을 말 그대로 짐짝처럼 들쳐 맸던 것이다. 아이를 들쳐 메면 업었을 때처럼 굳이 손으로 받치는 수고를 하지 않아도 된다. 다만 가끔씩 애가 광목끈 속에 아직 들어 있나 없나만 살펴주면 된다. 우리는 아예 보리단술 한 병을 애와 함께 싸매고 뒷산 계곡으로 갔다. 애들을 거기 너럭바위 옆 나무에 들쳐 메고 갔던 광목끈으로 묶어놓고 우리는 때왈을 따 먹고 물속에 처박혀서 놀면 되는 것이다. 깊은 계곡 속에서 우리를 방해할 거라곤 새들 말고는 아무것도 없었다. 물에 몇 번 들어가고 때왈을 몇 번 따 먹고 나니 애 보기 말고는 딱히 놀 일도 없었다. 그러나 아이들은 자고 있었다. 우리도 아이들 옆에 몸을 뉘었다. 그때 누운 우리 눈앞에 잠수함 같은 농구화가 딱 멈추었다. 정배도 나도 깜짝 놀라 차마 바로 일어나지를 못하고 눈만 말뚱거렸다.

“애들아, 길 좀 묻자꾸나.”

농구화 사내가 우리를 내려다보며 말했다.

“물어보씨요.”

“이쪽 산 너머 가면 거기도 신작로가 나오냐?”

“나와라우.”

“애야, 그런데 어른이 뭘 물으면 일어나서 대답 좀 하면 안 되겠냐?”

우리는 발딱 일어났다. 농구화 사내가 배시시 웃었다. 웃는데 보니까 그렇게 나쁜 사람 같아 보이진 않았다.

"물어보는데 대답해줘서 고맙다. 너희들 그런데 여기서 뭣들 하고 있었느냐?"

"애, 애기 보고 있었는디요."

"음, 그래, 착하구나. 착한 아이들이니 내가 먹을 걸 좀 나눠주마."

농구화 사내가 너덜너덜한 가방 속에서 꺼낸 것은 찐 감자였다.

"어서 먹어라. 내가 너희들이 감자를 먹는 동안 퉁소를 불어주마."

정배와 나는 퉁소 소리에 맞추어 감자를 씹었다.

"잘 있어라, 애기 잘 보고."

우리는 감자를 입에 넣은 채로 공손히 고개 숙여 인사했다. 사내가 산모롱이 너머로 사라졌다. 감자를 억지로 넘기느라 목이 메었다. 정배가 보리단술병 마개를 뽑았다. 언제 쪘는지 약간 쉰내가 돌던 감자를 그보다 더 쉰내 나는 보리단술로 감추어서 막 넘기려는데 정배가 내 등을 후려쳤다.

"아, 씨벌."

"뭣이?"

"가, 간첩 하나 놓쳤다!"

"잉?"

"노, 농구화, 농구화에 흙이 묻어, 산속에서 길을 물어, 아, 천만 원, 천만 원짜리 간첩 놓쳤다."

우리는 냅다, 산 위로 뛰어갔다. 간첩은 어디로 갔는지 보이지 않았다. 문득, 보리단술의 취기가 확 올라왔다. 너럭바위 위에서 두 아기가 깨어나 울어젖히고 있었다. 아기들에게 가려는데 다리가 후들거렸다. 다리가 후들거리는 게 보리단술 때문인지, 간첩 때문인지는 알 수 없었다.

숙직실은 더웠다. 더운데도 교무주임 선생은 문을 열지 않았다. 나는 숙직실에 오기 전, 담임선생에게 무단결석한 죄로 종아리에 피멍이 좀 드는 매를 맞았다. 매 맞는 거야 일이 아니지만, 종아리에 난 피멍을 어머니 아버지한테 들키는 것이 큰일이었다. 농번기를 핑계 삼아 무단결석하는 아이들이 많아지자 담임은 화가 난 것이 분명했다. 담임이 나를 때리면서 그랬던 것이다.

"좆만 헌 것들이 담임을 홍애좆으로 아는 것이여, 뭐여. 내가 그렇게 우습게 보이든?"

나는 한 번도 담임을 우습게 본 적이 없다. 아니, 우습게 본다는 것이 어떻게 보는 것인 줄도 모른다.

"아나, 결석. 너는 앞으로 농번기 할애비가 와도 결석 못 헌다, 알았지?"

"……."

나는 아픔을 참느라 이를 앙다물고 있어서 대답을 제대로 할 수가 없었다.

"왜, 대답이 없어. 이것이 선생 말을 개좆으로 아는 거여, 뭐여."

'개좆'이라는 담임 말이 나는 우스웠다. 아프면서도 우스워서 나는 울지도 웃지도 못했다. 다행히 담임은 매질을 멈추고 담배를 피워 물었다.

"김창석, 내가 좋게 말하지마는, 앞으로는 무단결석허지 말아라 잉? 알았지? 알았으면 가봐."

나는 바짓단을 내렸다. 교무실 문을 나서려는데, 담임이 나를 불렀다. 서랍에서 연고를 꺼내더니 바지를 올리라고 한다. 담임이 발라주는 연고에 겨우 가라앉았던 아픔이 되살아났다. 매를 때릴 때는 몰랐는데 다정하게 약을 발라주는 담임 손이 갑자기 징그럽게 느껴졌다. 그러나 징그러움도 꾹 참았다. 내가 담임선생 앞에서 할 수 있는 것은 아무것도 없었다. 연고를 발라주며 담임이 말했다.

"이따 애들 집에 가고 나면 너는 남아서 숙직실로 가봐라. 교무선생님이 너한테 뭐 한 가지 물어볼 것이 있다더라."

4교시가 끝나고 아이들은 모두 '귀가 조치'되고 나만 남았다. 이른 '귀가 조치'는 '여시'가 출몰해서 아이들이 늦은 귀가를 했을 시에 발생할 수도 있는 위험한 상황을 예방하는 차원이라고 했다. 교무주임 선생의 이마에 땀이 삐질삐질 배어 나왔다. 주임 선생은 내게 '여시'에 대해서 묻고 또 물었다.

"뭣할라고 그런 말을 해갖고 너도 고생, 나도 고생, 이것이 뭔 일인가 모르겠다. 자아, 묻는 말에 다시 한 번 말해봐라잉."

"예, 알겠습니다."

　우리는 선생님들에게 절대로 해요체를 구사하지 못했다. 그것은 상상할 수 없는 일이었다. 우리는 선생님에게 언제나 '습니다'라고 말했다. 누구나 그랬고, 언제나 그랬으므로 나는 선생님들에겐 '습니다'라고만 말해야 되는 걸로 알았다. 군인들이 그러는 것처럼. 얼이 좀 빠진 듯한 약간 높은 목소리 속에는 억지로 참고 있는 울음이 배어 있었다.

　"분명히 니가 여시를 봤단 말이지?"

　"예."

　"그것이 여시인지 아닌지 니가 어뜨케 알어?"

　"여시는 여시같이 생겼습니다."

　"그런디 여시를 보면 본 것이제 뭣할라고 여시 봤다고 말을 했냐?"

　"긍게……."

　"김창석, 다시 한 번 어제 아침 상황을 차분히 생각해봐라. 애초에 학교에 안 온 이유가 뭐여?"

　'다시 한 번' 어제 일을 생각해보라고 하므로 생각하지 않을 수 없었다. 정말 어제 나는 왜 학교에 오지 않은 것일까. 뭣 때문에. 그 이유를 나도 알 수 없는 것이 미칠 것만 같았다. 미루나무 한 그루가 숙직실 창문 안을 들여다보고 있었다. 나는 미루나무를 바라보았다. 순간, 미루나무 이파리가 수많은 손바닥을 까뒤집으며 팔랑거렸다.

“바람이 불어서 그랬습니다!”

나는 우렁차게 대답했다.

“바람이 불어? 하아, 너 말 한번 잘헌다. 그래, 바람이 불 만도 했겄다. 날은 축축허니, 언제 비가 올랑가 안 올랑가 모르겄제, 공부는 허기 싫제, 학교 안 오기로 치면 뭔 핑계를 못 대겄냐잉. 다시 한번 곰곰이 생각해봐라. 그래서 바람이 불었다고 치자, 그다음이 중요허다잉. 다음에 어디로 갔어?”

미루나무는 내가 바라보지 않으면 손바닥의 팔랑거림을 딱 멈추었다가 내가 다시 저를 바라보는 즉시 잊어먹고 있다가 깨어나는 것처럼 팔랑거렸다. 나는 갑자기 신이 나기 시작했다.

“예, 그래갖고 저는 갈골 심정배한테 갔습니다. 심정배네 보리밭을 지나는데 거기서 여시를 보았습니다. 여시가 개망초꽃을 나한테 던짐시로 막 희롱을 하였습니다. 저는 정신을 차릴라고 무지하게 애를 쓰다가 온몸이 땀에 절어서 드디어 심정배 집에 도착하였습니다.”

말하고 나니, 가슴속이 다 시원해지는 느낌이었다.

“아, 그랬냐잉. 겁나게 수고했다. 자아, 물 한 모금 마셔라.”

주임 선생이 내미는 물은 내가 제일 좋아하는 설탕물이었다. 설탕물은 확실히 사카린물하고는 차원이 달랐다. 달콤함이 말할 수 없이 부드러운 게, 마음속까지 녹아내릴 것만 같은 기분이었다. 숙직실 문이 벌컥 열렸다. 담임이었다.

“아직도 안 끝났소? 웬만허면 울 애기 뇌주제 그러요? 다들 기다리고 있구마는.”

“앗따, 참 징허네요잉.”

“여시 이상 뭔 말을 물어보겄소, 애들한테.”

“말을 허라고 헐 수도 없고 허지 말라고 헐 수도 없고 참 난감허요.”

담임과 주임이 담배를 피우는 동안 나는 설탕물의 여운을 음미하고 있었다. 물그릇 밑바닥에 아직 덜 녹은 설탕이 하얗게 가라앉아 있었다. 나는 선생님들 모르게 슬쩍 가라앉아 있는 설탕에 손가락을 찍어 맛을 봤다. 물에 절반쯤 풀어진 설탕은 향기롭게 혓바닥에 감겨왔다.

“그렁게 그것이 사실일까요?”

“확인되지 않은 사실이라고나 해야겄지요.”

갑자기 뒤통수 한 대를 쾅 얻어맞은 기분이었다. 어제 아침에 형이 그랬다. 확실한 것이 아니면 말을 하지 말아야 한다고. 그러고 보니 내가 정배네 보리밭에서 본 것이 진짜 여우였을까, 아니었을까. 순간, 헷갈리기 시작했다. 어쩌면 내가 헛것을 보았을 수도 있다는 생각이 왜 이제사 드는 건지 알 수 없었다.

“의용군으로 갔을 때가 열몇 살이었다고 허드만요. 그렁게 지금 한 사십 가차이 되었겄구만요.”

“그렇다고 애한테 느그 작은아부지를 봤느냐고 물어보기도 영

난감허더라고요."

"애가 봤으면 봤다고 하겠습니까? 그냥, 여시 문제에서 종결하시는 게 좋을 것 같습니다."

"그래요, 그럼. 애 입단속이나 시키고 그만 귀가시킵시다."

나는 담임과 주임이 무엇에 대해서 말하는지 알 수 없었다, 다만 확실한 것은 내가 이제 집에 가도 된다는 것이다. 담임과 주임이 나를 불렀다. 담임이 내 종아리를 걷어 올려보라고 했다. 나는 움찔했다.

"자식이 겁내기는. 그렇게 왜 말도 안 허고 결석을 해, 허기를. 아따, 솔찬히 아팠겠다잉."

담임이 손가락으로 내 종아리를 장난스럽게 찰싹 때리면서 킁킁 웃었다. 그럴 때 보면 그는 마치 이웃집 삼촌처럼 느껴졌다. 담임은 교사가 되기 전에 했던 일들을 말하기 좋아했다. 그 일들이 그렇게 재미있었으면 왜 교사 시험을 봤는지 알 수 없었다. 고등학교를 졸업하고 담임은 무조건 강원도로 갔다고 한다. 강원도에서 담임이 첫 번째로 했던 일은 산판 트럭 조수였다. 그는 운전을 배우고 싶었지만, 운전수가 가르쳐주지 않아 화가 나서 그만두고 탄광으로 갔다. 탄광에서도 일 년을 견디지 못하고 나와서 이번에는 충청도 광천으로 가서 새우젓 장사를 했다. 새우젓은 팔다가 남아도 썩을 일이 없어 안 팔렸을 때 골치 아플 일이 없을 것 같아 그랬다고 했다. 그러면서 담임은 '어린이 여러분, 새우젓은 썩을까요, 안 썩을까요?' 하고 물었다. 우리는 담임이 생전에 안 쓰던 어린이 여러분, 소리에 기절초풍을 할 듯이 웃어댔다. 담임은 이제 장가를 가기 위해서라도 교사 말고 돈벌이하기 좋은 다른 직업을 생각하는 중이라고 했다. 담임은 앞으로 무슨 일을 해도 그리 오래 할 사람 같지는 않았다. 다만 가수를 하면 오래 할 것 같기는 했다. 지난봄 소풍을 가서 담임은 배호의 노래를 연거푸 세 곡이나 불렀다. 그 뒤로 나는 툭하면 담임이 부른 노래를 흥얼거리는 버릇이 생겼다.

'파도는 영원한데 그으런 싸랑을 맺을 수도 있으려언마안 밀리는 파아도처어럼 내 싸랑도오 부써지고오 물거품만 맴을 도네에…….'

나는 공부 시간에도 담임이 부른 노래를 입속으로 달싹거리다가 담임에게 수업 시간에 뻘짓 한다고 귀싸대기를 맞은 적이 있다. 그래도 노래는 내 입속에서 쉽게 떠나지 않았다. '추억은 영원헌데 그으런 이벼르을 없을 쑤도 있으려언마안 울고픈 이 순간에에에에…….'

내가 생각해도 환장할 일이었다. 주임 선생으로부터 다른 사람들에게 절대로 여시든 뭐든 아무것도 말하지 말라는 주의를 받고서 나는 교문을 나섰다. 학교 앞 구멍가게 앞에서 예향단 아이들이 나를 기다리고 있었다. 기환이가 나를 앞장세웠다. 아이들은 하교할 때는 노래를 부르지 않았다. 신작로를 벗어나 들길로 접어들었을 때, 아이들은 발걸음을 재게 했다. 아이들은 망초꽃 사이로 빠르게 걸어갔다. 기환이 여동생 기순이가 미끄러져 신발이 벗겨졌다. 기순이 신발은 꽃고무신이다. 기순이는 벗겨진 신발을 주워 들 새도 없이 행렬을 따라갔다. 기순이가 삐죽삐죽 울었다. 아무도 기순이 신발 벗겨졌다고 말하지 못했다. 지금은 신발이 문제가 아니라 여우가 문제였으므로.

아버지는 마당 한옆 귀퉁이에 생쑥불을 피웠다. 아버지는 총각 시절엔 남의 집 상머슴을 살았다. 그러니 아버지는 쑥불 태울 쑥도 좋은 것만 베어 왔다. 우리 집에서 나는 쑥불 냄새는 다른 어떤 집의 쑥불보다 더 깨끗하고 구수했다. 쑥불 피운답시고 생잡풀을 태우는 집도 있었다. 좋은 쑥불 냄새가 어떤 것인지를 알고 있는 나는 그래서 우리 집의 밤이 좋았다. 가난하지만 부지런한 아버지는 자신이 베어 와서 피운 쑥불 옆에 앉아 있기를 좋아했다. 아무 말 없이, 그렇게 쑥불 옆에 오래오래 앉아 담배를 피우면서 간간이 어둠 속에서 동부 껍질을 까던 어머니가 던지는 한마디씩을 듣는 것이다.

"비가 안 오면 올해 샛골 농사는 작파해야지라."

어머니가 어떤 말을 하건 묵묵히 있던 아버지가 불쑥 농사 이야기하고는 전혀 다른 이야기 한 토막을 꺼냈다.

"어이, 아그들 잔가?"

"자냐?"

형은 자는 척하고 나는 모기장 밖으로 기어 나왔다. 어머니가 사카린 넣고 찐 동부 범벅 그릇을 내 쪽으로 밀어주었다. 나는 동부 범벅을 숟가락으로 푹 떠서 입에 넣었다. 마당에 쭈그리고 있던 아버지도 마루로 다가와 내가 먹던 동부 범벅을 한입 먹고 나서 다시 담배를 피워 물며 입을 떼었다.

"그렁게, 옛날에 그랬더란다. 며느리허고 할마씨허고 쌈을 해싸. 그런 와중인디 그 며느리가 남편보고 서울 가서 어무니 팔아불고 오라고 했다던가. 아들이 꾀를 냈지. 어무니를 팔러 간 척하고 서울까지 갔다가 도로 왔어. 아니, 왜 어무니를 팔으라고 했는디 그냥 왔느냐. 며느리가 회가 나서 물었지. 남편 왈, 서울 가서 보니 조선 천지에서 다 어무니들을 팔라고 왔는디 모다들 근수를 달아서 팔더라고. 그런디 울 어무니가 근수가 모자라서 팔 수가 없었다고 혀. 그러니 근수 채워서 다시 팔러 가야겄다고. 며느리가 좋아서 맛난 것이 생기면 꼭 어무니 갖다 줄 것 아니라고? 근수 늘릴라고 말이여. 그런 속은 모르고 어무니는 우리 며느리 좋아졌다고, 동네방네 다님서 며느리 칭찬을 해. 그렇게 해서 며느리허고 할마씨가 사이가 좋아졌다는 옛날얘기가 있어."

아버지가 뜬금없이 옛날얘기를 할 때는 뭔가 집안에 근심 걱정이 있을 때다. 비는 언제 오려는가. 바람은 축축한 듯한데, 구름은 쉽게 뭉치지 않았다. 비가 와야 아버지의 근심이 풀어질 것이다.

"윗동네, 갈골 양반네는 모내기 포기허고 논에다 메밀 씨를 풀어

부렀다드만요."

"또 요런 이야기도 있다네."

아버지는 신문지에 침을 묻혀 담배 가루를 쌌다.

"모가 못자리에서 아조 세불겄어라."

"아, 그렁게 뭔 이야긴고 하니, 최경회 장군이 인자 어머니 상중이란 말이여. 관직에 계시다가 부모가 돌아가시면 관직을 그만두는디 임난이 났어."

"아부지, 임난이 뭐여요?"

"응, 안즉 안 잤냐? 임난이 임진난이여. 그래서 최 장군이 의병을 모집했어. 의병을 모집해서는 자기는 상중에 있응게 할 수 없이 조카를 고 장군한테 내보냈어. 거가 뭔 전투라 하드마는. 아, 금산전투여. 고 장군은 금산서 전사허고……."

"아부지, 고 장군이 누구여요?"

"고 장군이 누구라드마는. 느그 성 자냐? 성한테 물어봐라."

동부 범벅의 사카린 맛은 아렸다. 혀도 아리고 속도 아렸다. 누나들이 그리웠다. 누나들이 집에 있다면 나는 내가 학교에 안 가서 담임한테 맞았다는 이야기를 했을 것이다. 큰누나는 내 상처를 호호 불어 쑥 찜질을 해줄 것이고 작은누나는 허공에다나마 담임 욕을 해줄 것이다. 누나들만 있으면 나는 오늘 밤 이렇게 동부 범벅을 먹으며 속이 쓰리지도 않을 것이다. 내가 학교를 갔는지 안 갔는지, 안 가서 매를 맞았는지 어쨌는지, 여우 봤다는 말 좀 했다고 남아서 욕을 봤는지 어쨌는지도 모르는 아버지, 어머니 그리고 나한테는 관심도 없는 형만 있는 집을 떠나 누나들 있는 서울로 당장이라도 가고 싶었다. 나는 문득 물었다.

"아부지, 나 서울 가면 안 될까라우?"

"서울은 왜 갈라고?"

"서울 가면 여시도 안 나올 것이고 여시 봤단 말 했다고 지랄허는 선생도 없을 것이고, 그래서 그렇지라우."

"그려? 그러면 가거라."

나와 아버지의 문답을 가만히 듣고만 있던 어머니가 내 등을 후려쳤다.

"그놈의 초랭이 방정. 여시고 뭣이고 우리는 암것도 본 것 없고 여시가 뭣인지 알지도 못혀. 본 것도 없고 알지도 못혀 이?"

어머니가 오금을 박았다.

"고 장군이 금산전투서 전사를 허고 나니께 최 장군이, 말하자면 최경회 장군이 의병장이 되었어."

"갈골 양반 말이 나와서 허는 소린디, 그 집 딸 이쁜이가 작년에 죽었다고 안 허요 이."

"최 장군이 의병장이 되얐는디 왜장한티서 청산백운도를 찾아왔다드만. 그것이 시방도 사당에 보관돼 있다든디, 언제 거기를 한번 가봐야 쓰겄는디, 갈 새가 없어 못 가네."

"그런디, 갈골 양반 딸 이쁜이가 시집가기 전날 죽었다고 안 허요 이. 부모 가심에 못을 박고 죽었어. 이쁜이가.”

“최 장군이 인자 경상도까지 갔던가비여.”

“앗따, 최 장군이고 뭣이고 인자 잡시다.”

“그렇게 뭣할라고 최 장군 이야기를 했냐 허며는 논개, 논개 이야기를 헐라고 했어.”

“갈골 양반 딸 이쁜이 인물이 영판 좋은디 차암…….”

어디선가 퉁소 소리가 들려오는 듯했다.

“아부지.”

“안즉 안 잤냐?”

“어디서 퉁소 소리 안 나요?”

“비가 올라고 그런갑다.”

“아부지, 어젯밤에 누가 우리 집에 오지 않았는가요?”

아버지는 대답을 뚝 멈추었다. 어머니가 화들짝 놀라며 내 입을 막았다. 그러곤 무섭게 작은 소리로,

“오기는 누가 왔다고 그려? 비가 살큼 왔다가 간 것을 갖고는 야가 헛소리를 허네에. 자빠져 잠이나 잘 일이제.”

나는 쫓기다시피 잠자리에 누웠다.

“자냐?”

나는 대답하지 않았다. 어머니의 겁먹은 목소리가 또렷하게 들려왔다.

“저것이 작은아부지 봤다고 초랭이 방정을 떨면 안 되는디, 당신

이 야물딱지게 입단속을 시켜야제 안 되겠소."

내가 눈을 떴을 때, 아직 날은 새지 않았다. 비는 오지 않고 축축하기만 한 유월의 새벽이었다. 언제나처럼 언제 깨어났는지 모를 어머니 아버지가 마루며 마당에서 왔다 갔다 하며 두런거리는 소리가 들려왔다.

"공기가 어저께보다 축축헌 것이 빗님이 오실랑가, 어쩌실랑가."

"어이, 저 건너 보리밭에 뭣이 뽈딱 앉았네그려."

"뭣이 앉았는디요?"

"바람님허고 빗님이 앉았그만."

"인자 당신 눈에도 헛것이 보이는갑소 이."

형이 일어나는 기척을 느끼며 나는 다시 잠 속으로 빨려 들어갔다. 짧은 새벽잠 속에서 꿈을 꾸었다. 꿈속에서 비가, 세찬 비가 내렸다. 온 세상을 집어삼킬 듯이. 보리밭이 젖고 망초꽃이 젖고 여우가 젖고 내가 젖었다. 눈을 떴을 때, 여지없이 훤한 아침이었다. 밑이 축축했다. 냄새를 맡았다. 지린내는 나지 않았다. 대신 낯선 비린내가 났다. 나는 그것이 무엇인지 알지 못한 채로 형이 세수를 하고 있는 우물가로 달려 나갔다.

청소년소설이라는 이름으로 나가는 글을 쓰면서 나는 내가 쓰는 것이 청소년소설이라는 생각을 하지 않았다. 나는 그냥 소설을 썼다. 단지 그 소설의 화자들 내지는 주인공들이 청소년 시기에 있는 사람들이라는 것뿐, 여기 묶인 이 단편들이 청소년소설인지 아닌지 나는 잘 모르겠다. 그래도 청소년 시기의 사람들을 내세워 이야기를 전개해나가는 내내 나는 성인이 주인공인 소설을 쓸 때와는 다른 느낌을 가졌다. 지식이라든가 이성 부분을 제외한 감성 부분만을 놓고 본다면 나는 어쩌면 청소년 시기에 나의 모든 감성의 최대치를 경험했던 것이 아닌가 여겨진다. 자연의 변화에 반응하는 내 감성만 해도 그렇다. 그때나 지금이나 똑같이 해가 뜨고 똑같이 비가 오고 똑같이 바람이 불고 눈이 오는데도 내가 청소년 시기였을 때는 변화하는 자연을 보며 나의 상상력이 무한히 확장됐던 것을 기억한다. 나이를 먹어가면서 나는 햇빛이 나든 비가 오든 눈이 오든, 그저 그런가 보다, 하는 나를 발견하고 깜짝 놀란 적이 있다. 자연의 변화 앞에서뿐이랴. 똑같은 음악을 들어도 똑같은 그림을 봐도 똑같은 책을 읽어도 그것들이 주는 감흥을 받아들이는 감성이 그때와 지금은 차이가 있다. 그리고 암만 생각해도 그때, 내가 아직 온갖 잡다한 지식이라든가 딱딱한 이성의 지배를 받기 전의 상태에서 외부의 자극을 받아들였던 그때의 감성이 어쩌면 지금의 나를 지탱시켜주는 강력한 힘인 것만 같다. 모든 어른들은 청소년 시기의 감성들을 야금야금 빼먹으며 늙어가는 것만 같다. 이 글을 쓰면서 나는 그 감성들의 최대치를 기억해내는 특별한 즐거움을 누렸다. 그러하니, 이 글을 읽을 청소년들도 바로 지금 나중에 빼먹고 살 감성들을 최대한 비축하기를 바란다. 청소년 시기에 대학 갈 공부만 해서는 어른이 되어서 빼먹을 감성이 없어 많이 슬픈 삶을 살지도 모른다. 더불어 여기 이 글들에 나오는 '나'들의 건투를 빈다. 이제 내 글 속에서 세상 밖으로 나가 부디 아름답고 굳세게들 살아가기를!

2009년 1월

공선옥

| 수록 작품 발표 지면 |

나는 죽지 않겠다 … 인터넷 사이트 '문장 글teen!'(2005.10.18)

일가 … 『청소년문학』 2007년 봄호

라면은 멋있다 … 『창비어린이』 2008년 봄호

힘센 봉숭아 … 미발표작

울 엄마 딸 … 미발표작

보리밭의 여우 … 『한국문학』 2008년 가을호
　　　　　　　　(발표 당시 제목은 '보리밭에 부는 바람')